| 主编·汪剑钊 |

"俄罗斯文学译丛"系
"金色俄罗斯丛书"平装版

秋天的珐琅
——安年斯基诗选

Осенняя эмаль
—Стихи Иннокентия Анненского

❧

[俄] 安年斯基 / 著
马卫红 / 译

四川人民出版社

图书在版编目（CIP）数据

秋天的珐琅：安年斯基诗选/（俄罗斯）安年斯基
著；马卫红译. —成都：四川人民出版社，2024.1
（俄罗斯文学译丛/汪剑钊主编）
ISBN 978-7-220-13489-0

Ⅰ．①秋⋯ Ⅱ．①安⋯ ②马⋯ Ⅲ．①诗集-俄罗斯
-近代 Ⅳ．①I512.24

中国国家版本馆 CIP 数据核字（2023）第 199226 号

QIUTIANDEFALANG

秋天的珐琅

安年斯基诗选

［俄］安年斯基 著 马卫红 译

责任编辑	王其进
装帧设计	张迪茗
责任校对	程 川
责任印制	祝 健
出版发行	四川人民出版社（成都三色路 238 号）
网 址	http://www.scpph.com
E-mail	scrmcbs@sina.com
新浪微博	@四川人民出版社
微信公众号	四川人民出版社
发行部业务电话	(028) 86361653 86361656
防盗版举报电话	(028) 86361653
照 排	四川胜翔数码印务设计有限公司
印 刷	成都东江印务有限公司
成品尺寸	140mm×203mm
印 张	13.75
字 数	294 千
版 次	2024 年 1 月第 1 版
印 次	2024 年 1 月第 1 次印刷
书 号	ISBN 978-7-220-13489-0
定 价	79.80 元

金色俄罗斯
Золотая Россия

致敬"金色俄罗斯丛书"译介团队，感谢所有参与者为传播
俄罗斯文学、增进中俄两国人民文化交流而做的努力！

飞　白　云南大学外语系教授，浙江省比较文学与外国文学学会名誉会长。

黄　玫　北京外国语大学俄语学院教授，博士生导师。

杨晓笛　北京外国语大学博士，太原理工大学教师。

李玉萍　洛阳理工学院副教授，文学博士。

王立业　北京外国语大学俄语学院教授，博士生导师。

邱　鑫　黑龙江大学俄语学院文学博士。

郭靖媛　北京大学比较文学专业博士在读。

薛冉冉　浙江大学外语学院副教授，博士。

温玉霞　西安外国语大学俄语学院教授，博士生导师。

潘月琴　北京外国语大学俄语学院副教授，博士。

余　翔　北京科技大学外国语学院师资博士后，文学博士。

李春雨　厦门大学外文学院助理教授，博士。

董树丛　北京外国语大学外国文学研究所硕士。

冯昭玙　浙江大学外文系教授。

杜　健　北京师范大学俄语语言文学专业博士。

韩宇琪　北京师范大学俄语语言文学专业博士。

苏　玲　《外国文学动态研究》主编，博士。

颜　宽　国立莫斯科大学语言文学系博士。

马卫红　浙江外国语学院教授，文学博士。

王丽欣　哈尔滨师范大学斯拉夫语学院副教授，文学博士。

于婷婷　西安外国语大学俄语语言文学博士在读。

王时玉　华东师范大学俄语语言文学博士在读。

穆　馨　哈尔滨师范大学斯拉夫语学院副教授，翻译硕士导师。

徐　琪　厦门大学外文学院教授，文学博士。

徐曼琳　四川外国语大学俄语系教授，文学博士。

欢迎更多的译者加入"金色俄罗斯丛书"……

〔按译作出版时间排序〕

四川人民出版社　　文学出版中心

目 录
Contents

金色的"林中空地"（总序）

汪剑钊

2014 年 2 月 23 日，第二十二届冬奥会在俄罗斯的索契落下帷幕，但其中一些场景却不断在我的脑海回旋。我不是一个体育迷，也无意对其中的各项赛事评头头论足。不过，这次冬奥会的开幕式与闭幕式上出色的文艺表演给我留下了深刻的印象，迄今仍然为之感叹不已。它们印证了一个民族对自身文化由衷的热爱和自觉的传承。前后两场典仪上所蕴含的丰厚的人文精髓是不能不让所有观者为之瞩目的。它们再次证明，俄罗斯人之所以能在世界上赢得足够的尊重，并不是凭借自己的快马与军刀，也不是凭借强大的海军或空军，更不是凭借所谓的先进核武器和航母，而是凭借他们在文化和科技上的卓越贡献。正是这些劳动成果擦亮了世界人民的眼睛，引燃了人们眸子里的惊奇。我们知道，武力带给人们的只有恐惧，而文化却值得给予永远的珍爱与敬重。

众所周知，《战争与和平》是俄罗斯文学的巨擘托尔斯泰所著的一部史诗性小说。小说的开篇便是沙皇的宫廷女官安娜·帕夫洛夫娜家的舞会，这是介绍叙事艺术时经常被提到的一个经典性例子。借助这段描写，托尔斯泰以他的天才之笔将小说中的重要人物一一拈出，为以后的宏大叙事嵌入了一根强劲的楔子。2014年2月7日晚，该届冬奥会开幕式的表演以芭蕾舞的形式再现了这一场景，令我们重温了"战争"前夜的"和平"魅力（我觉得，就一定程度上说，体育竞技堪称一种和平方式的模拟性战争）。有意思的是，在各国健儿经过十数天的激烈争夺以后，2月23日，闭幕式让体育与文化有了再一次的亲密拥抱。总导演康斯坦丁·恩斯特希望"挑选一些对于世界有影响力的俄罗斯文化，那也是世界文化遗产的一部分"。于是，他请出了在俄罗斯文学史上引以为傲的一部分重量级人物：伴随拉赫玛尼诺夫第二钢琴协奏曲的演奏，普希金、果戈理、屠格涅夫、托尔斯泰、陀思妥耶夫斯基、契诃夫、马雅可夫斯基、阿赫玛托娃、茨维塔耶娃、布尔加科夫、索尔仁尼琴、布罗茨基等经典作家和诗人在冰层上一一复活，与现代人进行了一场超越时空的精神对话。他们留下的文化遗产像雪片似的飘入了每个人的内心，滋润着后来者的灵魂。

美裔英国诗人T. S. 艾略特在《诗的作用和批评的作用》一文中说："一个不再关心其文学传承的民族就会变得野蛮；一个民族如果停止了生产文学，它的思想和感受力就会止步不前。一个民族的诗歌代表了它的意识的最高点，代表了它最强大的力量，也代表了它最为纤细敏锐的感受力。"在世界各民族中，俄罗斯堪称最为关心自己"文学传承"的一个民族，而它辽阔的地理特征则为自己的文学生态提供了一大片培植经典的金色的"林中空地"。迄今，在这片土地上生根发芽并长成参天大树的作家与作品已不计其数。除上述提及的文学巨匠以外，19 世纪的茹科夫斯基、巴拉廷斯基、莱蒙托夫、丘特切夫、别林斯基、赫尔岑、费特等，20 世纪的高尔基、勃洛克、安德列耶夫、什克洛夫斯基、普宁、索洛古勃、吉皮乌斯、苔菲、阿尔志跋绥夫、列米佐夫、什梅廖夫、波普拉夫斯基、哈尔姆斯等，均以自己的创造性劳动进入了经典的行列，向世界展示了俄罗斯奇异的美与力量。

　　中国与俄罗斯是两个巨人式的邻国，相似的文化传统、相似的历史沿革、相似的地理特征、相似的社会结构和民族特性，为它们的交往搭建了一个开阔的平台。早在 1932 年，鲁迅先生就为这种友谊写下一篇"贺词"——《祝中俄文字之交》，指出中国新文学所受的"启发"，将其看作自己的"导师"和"朋友"。20 世纪 50 年代，由于意识形态的接近，中国与苏联在文化交流上曾出现过一个"蜜月期"，在那个特定的时代，俄罗斯文学几乎就是外国文学的一个代名词。俄罗斯文学史上的一些名著，如《叶甫盖尼·奥涅金》《死魂灵》《贵族之家》《猎人笔记》《战争与和平》《复活》《罪与罚》《第六病室》《丽人吟》《日瓦戈医生》《安魂曲》《没有主人公的叙事诗》《静静的顿河》《带星星的火车票》《林中水滴》《金蔷薇》和《钢铁是怎样炼成的》等，都曾经是坊间耳熟能详的书名，有不少读者甚至能大段大段背诵其中精彩的章节。在一定程度上，我们可以说，翻译成中文的俄罗斯文学作品已构成了中国新文学的一个重要组成部分，成为现代汉语中的经典文本，就像已广为流传的歌曲《莫斯科郊外的晚上》《三套车》《喀秋莎》《山楂树》等一样，后者似乎已理所当然地成为中国的民歌。迄今，它们仍在闪烁金子般的光芒。

不过，作为一座富矿，俄罗斯文学在中文中所显露的仅是冰山一角，大量的宝藏仍在我们有限的视域之外。其中，赫尔岑的人性，丘特切夫的智慧，费特的唯美，洛赫维茨卡娅的激情，索洛古勃与阿尔志跋绥夫在绝望中的希望，苔菲与阿维尔琴科的幽默，什克洛夫斯基的精致，波普拉夫斯基的超现实，哈尔姆斯的怪诞，等等，大多还停留在文学史上的地图式导游。为此，作为某种传承，也是出自传播和介绍的责任，我们编选和翻译了这套"金色俄罗斯丛书"，其目的是进一步挖掘那些依然静卧在俄罗斯文化沃土中的金锭。可以说，被选入本丛书的均是经过了淘洗和淬炼的经典文本，它们都配得上"金色"的荣誉。

行文至此，我们有必要就"经典"的概念略做一点说明。在汉语中，"经典"一词最早出现于《汉书·孙宝传》："周公上圣，召公大贤。尚犹有不相说，著于经典，两不相损。"汉朝是华夏民族展示凝聚力的重要朝代，当时的统治者不仅实现了政治上的统一，而且也希望在文化上设立标杆与范型，亟盼对前代思想交流上的混乱与文化积累上的泥沙俱下状态进行一番清理与厘定。客观地说，它取得了一定的成效，虽说也因此带来了"罢黜百家"的重大弊端。就文学而言，此前通称的"诗三百"也恰恰在那时完成了经典化的过程，被确定为后世一直崇奉的《诗经》。关于"经典"的含义，唐代的刘知幾在《史通·叙事》中有过一个初步的解释："自圣贤述作，是曰经典。"这里，他将圣人与前贤的文字著述纳入经典的范畴，实际是一种互证的做法。因为，历史上那些圣人贤达恰恰是因为他们杰出的言说才获得自己的荣名的。

那么，从现代的角度来看，什么是经典呢？商务印书馆出版的《现代汉语词典》给出了这样的释义：1. 指传统的具有权威性的著作：博览经典。2. 泛指各宗教宣扬教义的根本性著作。不同于词典的抽象与枯涩，意大利著名作家卡尔维诺归纳出了十四条非常感性的定义，其中最为人称道的是其中两条：其一，一部经典作品是一本每次重读都像初读那样带来发现的书；一部经典作品是一本即使我们初读也好像是在重温的书。其二，经典作品是一些产生某种特殊影响的书，它们要么自己以遗忘的方式给我们的想象力打下印记，要么乔装成个人或集体的无意识隐藏在深层记忆中。参照上述定义，我们觉得，经典就是经受住了历史与时间的考验而得以流传的文化结晶，表现为文字或其他传媒方式，在某个领域或范围具有一定的权威性和典范性，可以成为某个民族甚或整个人类的精神生产的象征与标识。换一个说法，每一部经典都是对时间之流逝的一次成功阻击。经典的诞生与存在可以让时间静止下来，打开又一扇大门，带你进入崭新的世界，为虚幻的人生提供另一种真实。

或许，我们所面临的时代确实如卡尔维诺所说："读经典作品似乎与我们的生活步调不一致，我们的生活步调无法忍受把大段大段的时间或空间让给人本主义者的悠闲；也与我们文化中的精英主义不一致，这种精英主义永远也制定不出一份经典作品的目录来配合我们的时代。"那么，正如沙漠对水的渴望一样，在漠视经典的时代，我们还是要高举经典的大纛，并且以卡尔维诺的另一段话镌刻其上："现在可以做的，就是让我们每个人都发明我们理想的经典藏书室；而我想说，其中一半应该包括我们读过并对我们有所裨益的书，另一些应该是我们打算读并假设对我们有所裨益的书。我们还应该把一部分空间让给意外之书和偶然发现之书。"

愿"金色俄罗斯"能走进你的藏书室，走进你的精神生活，走进你的内心！

俄罗斯诗坛的隐士（译序）

安年斯基是 20 世纪初俄罗斯白银时代最精致、最敏感、最深情的诗人之一，其诗歌创作对俄罗斯现代主义诗歌的发展至关重要。他对新的诗歌节奏和诗歌语言的探索，影响了当时几乎所有的主要诗人。他丰富了俄国印象派诗歌的创作方法和技巧，但象征主义者却视他为俄罗斯新诗的发起者，而饱满的诗歌情感和口语化音调又引起了阿克梅派诗人的关注。尽管安年斯基的创作遗产不多，但作为卓越的语言艺术大师，其诗歌形象的鲜活生动、诗歌语言的绚丽飘逸以及诗歌情感的真挚细腻，为不同时代的诗人所称道。

伊诺肯基·费奥多罗维奇·安年斯基（（Иннокентий Федорович Анненский，1855－1909）是俄国诗人、剧作家、文学评论家、翻译家、教育家，1855 年 8 月 20 日生于西伯利亚奥姆斯克。他的父亲费奥多尔·尼古拉耶维奇是一位高级官员，母亲是俄国大诗人普希金的远亲，负责在家教养六个孩子。1860 年其父被升为内务部官员，全家随之迁居圣彼得堡，后来其父因卷入商业投机而负债累累，最终丢官，卧病在床。到了圣彼得堡后，五岁的安年斯基患上了严重的心脏病，这让他的未来生活变得复杂：身体日渐虚弱，健康的同龄人所做的一切对他来说都是禁止的——热闹的户外活动被他姐姐教的阅读和哥哥教的拉丁文语法课所代替，他自幼就尝到了孤独的滋味，但孤独促进了未来诗人早期的精神发展。上学期间，安年斯基多次因病情恶化而中断学业。由于生活中出现的诸多不顺利，成年后的安年斯基很不喜欢回忆自己的童年。1875 年安年斯基进入圣彼得堡大学历史和语言学系学习。他从小就学会了法语和德语，至大学时期已经掌握了包括希腊语、英语、拉丁语、意大利语、波兰语、梵语、希伯来语等在内的 14 种语言。在大学学习期间，热爱创作的安年斯基突然中断写诗，"我爱上了语言学，除了论文什么都没写"，他后来回忆道。读大学三年级时，他深深爱上了 36 岁的娜杰日达·瓦连京诺夫娜·赫马拉-巴尔谢夫斯卡娅。尽管心有灵犀，但这位矜持而谨慎的寡妇、两个儿子的母亲，并不急于成为她学生的妻子。只是在安年斯基大学毕业后，这对有情人才终成眷属，不久就有了他们的儿子瓦连京。安年斯基一生都从事教育工作，毕业初期在中学教授拉丁语和希腊语。1891 年升任基辅"帕维尔·卡拉甘学院"校长，这是一家由卡拉甘夫妇为纪念他们早逝的儿子而建立的私立封闭式教育机构。在基辅期间，安年斯基决定将欧里庇得斯的所有悲剧翻译成俄文，并附上详细的评论。最终他完成了这个计划，翻译了当时俄国读者所知道的 17 部悲剧。1893 年安年斯基又被任命为圣彼得堡第八中学校长。1896 年被任命为皇村中学的校长，他在这个职位上一干就是 10 年，在任期间象征主义诗人尼古拉

·古米廖夫曾在这里学习。此后安年斯基又担任地区督察，直至生命尽头。1909 年 11 月因心脏病突发，逝于皇村火车站。

安年斯基的创作命运与众不同，颇有些"大器晚成"。他出生于 19 世纪 50 年代，比年龄较大的俄国象征主义诗人索洛古勃、梅列日科夫斯基、巴尔蒙特都大得多，比"年青一代"的勃洛克大 24 岁。本应成为现代主义文学运动开路先锋的安年斯基，在世纪之交的俄国文学界却仍然默默无闻。安年斯基一生都在写诗，却从未刻意宣扬过，许多作品只是在他去世后才为人所知。第一部诗集、也是生前出版的唯一一部诗集《浅吟低唱》于 1904 年面世，不过这位谦逊的诗人并没有透露自己的真实身份，而是使用了"尼克托"这个笔名（读音同 никто，意为"无足轻重的人"）。诗集出版后，除了象征主义诗人勃留索夫和勃洛克之外，似乎没有引起更多人的关注。直到安年斯基去世一年后，也就是 1910 年，他的第二部诗集《柏木雕花箱》问世，才为诗人赢得迟来的喝彩。

安年斯基可以称得上是文学生活中的隐士，既没有与象征主义诗人一起开疆拓土，也没有为捍卫"新艺术"的权利而战斗。尽管他"出场"的时间比同时代许多著名诗人要晚得多，但这种特殊的"出场"顺序反倒成全了安年斯基在当时文学运动中树立的特殊地位。安年斯基曾在一些评论文章中毫不掩饰地表达对俄国象征主义和颓废派诗歌的好感，但他与这些文学流派之间不仅没有组织上的联系，甚至缺乏与其诗人之间的亲密接触。而这样，恰恰就让安年斯基得以独悟、独明、独见，形成了远离团体责任和团体意图的立场，可以自由选择为实现自己的创作目标所需要的东西，而不受某种创作框架和原则的束缚。

安年斯基身上聚合了几种完全不同的身份和性格：一个正直的官员和一个独特的评论家、一个严格的老师和一个才华横溢的诗人。这种多元的个人身份和反常的创作命运在他身上凝集成一种只属于他自己的创作气质，在他的诗歌体系中留下了非常完整和独特的、源于矛盾和复杂层次的印记。例如，在体量不大的诗集《柏木雕花箱》中就可以找到许多层次：俄罗斯诗歌的优秀传统、法国和俄罗斯象征主义的熏陶、印象主义的画风、浪漫主义的情怀、现实主义的自省、唯美主义的追求，以及19世纪俄国心理小说的影响，甚至还有对诗歌实验一时兴起的尝试。

在安年斯基的创作生涯中，对其影响最深的当属法国象征主义。安年斯基与法国象征主义美学有着极深的联系。因此，就其诗歌世界观而言，安年斯基是一个象征主义者，其诗歌主题常被封闭在孤独和存在的苦闷中，字里行间散发着淡淡的忧伤和愁绪，诗中经常出现枯萎和昏暗、噩梦和梦境、阴云和落日等意象和画面。安年斯基的诗歌具有室内精致性、个人心理主题封闭性的特点，这是一种暗示诗、言未尽意的诗，追求艺术印象的感染力。然而，安年斯基的诗歌却与象征主义诗歌有着根本区别。作为反映文化衰落和弃绝上帝的法国象征主义的拥护者，安年斯基同样不想亲近上帝，这与俄罗斯象征主义（尤其是以吉皮乌斯、巴尔蒙特、勃留索夫为代表的象征主义）在创作中寻求上帝很是不同。安年斯基试图找到世界的基础和中心，但不是像基督教教义所教导的那样在上帝身上寻找，而是在他自己身上寻找。这就是为什么在一些研究者看来，安年斯基诗中的"我"和"非我"之间存在一种不和谐，这一点在《天上的星辰能否黯淡……》这首诗中可见一斑：

> 天上的星辰能否黯淡，
>
> 人间的痛苦能否持续——
>
> 我从不祈祷，
>
> 我不会祈祷。

> 时光会熄灭星辰，
>
> 我们会战胜痛苦……
>
> 假如我去往教堂，
>
> 我会和法利赛人在一起。

安年斯基的诗中没有象征主义诗歌特有的对两个世界的暗示，诗人只不过是在描绘生命的瞬间感受、人的精神活动和对周围环境的瞬间感知，从而呈现出抒情主人公的心理状态，而抒情主人公也是生活在现实世界中的普通人。安年斯基诗中的个人主义是显而易见的，但却是与众不同的：这是对内在的"我"的极大关注和敏锐的孤独感。然而，这种个人主义始终处于动态之中，处于边缘状态中——处于与"非我"（即外部世界）和他人意识的关系之间的紧张体验中。需要指出的是，心理描写的深度与精致、专注于自己的"我"并不会导致个人主义的自我肯定，而是恰恰相反，让诗人转向了他人的"我"——这个"我"代表了整个世界以及同样悲惨的自我封闭。

安年斯基称自己为诗歌领域的"神秘主义者"，这并不是因为他对另一个世界怀有特殊的兴趣，而是因为这个词揭示了诗人的创作愿望——力求理解和揭示存在的奥秘。为此，安年斯基总是尝试把人的个性与自然世界、与整个宇宙联系在一起。象征对他而言，不是了解"不可知"的手段，而是一个人的心理状态与其存在的自然环境和物质环境之间的对应关系，正如他所说的那样："……新诗正在寻找感觉的准确象征，即对于情绪而言的生活的真正基底，即一种精神生活形式，它能让人们平等，它以同样的权利进入人们的心里，就像进入个人的心里一样。"在安年斯基的认识中，象征主义通常是"现代主义"与被其掌握的社会心理学经验的结合，这种结合在他的诗歌中孕育了一颗奇特的果实——一种被称为"心理象征主义"的创作方法（金兹堡语）。

虽然人们总是把安年斯基归入象征主义诗人阵营中，但总的来说，在安年斯基的诗歌中，即使是最复杂的诗歌中，仍然能够很清晰地感受到俄罗斯传统抒情诗的音调，有时甚至是浪漫主义的音调，《转瞬即逝的忧伤》就是这方面的优秀范例：

　　　　白昼消失。一轮朦胧的黄月

　　　　凝望着阳台，洒下了辉光，

　　　　而在敞开的窗户的绝望中，

　　　　失明的白墙暗自神伤。

此时夜晚将近。云层幽暗……

傍晚最后的瞬间令我惆怅：

在那里度过的一切——是渴望和忧伤，

在那里亲近的一切——是沮丧和遗忘。

在这里傍晚犹如梦幻：怯懦而短暂，

但对于没有琴弦、泪水和芬芳的心房，

这乌云不断碎裂与融合的地方……

亲近傍晚胜过亲近玫瑰色的夕阳。

　　安年斯基细致地区分了"新诗"的个性和浪漫主义个性。他认为："一个完整的深渊将源自拜伦抒情性新诗的个人主义与和源自个人主义的浪漫主义区别开来"，新诗中的"我"——完全"不是将自己与似乎完全不了解的整个世界相对立的'我'……"。肯定个体的绝对价值和滋养它的超人性价值是浪漫主义激情与浪漫主义悲剧的永恒源泉。安年斯基揭示了现代人的内心情绪和冲突，他笔下的抒情主人公是一个意志坚定、反省深刻的人，在某种程度上又类似于19世纪俄国文学中的"多余人"和契诃夫小说中的知识分子——他们既不适应社会斗争，也无力创造个人幸福。因此，契诃夫的人物所特有的渴望、无法实现的和谐，在安年斯基的诗中完全以不同的形式呈现出来（如《紫水晶》）：

　　但愿炽烈的光线莫将

紫水晶的边缘灼伤，

但愿一束摇曳的烛火

在那里流泻和发光。

光芒在那里暗淡碎裂，

只为自己许下的承诺——

某处呈现的不是我们的联系，

而是辉煌灿烂的融合……

　　安年斯基的诗歌具有强烈的印象主义特点，他所描绘的并不是他所知道的，而是他此时此刻感受到的。作为一个始终如一的印象主义诗人，安年斯基与俄罗斯抒情诗人费特和象征主义诗人巴尔蒙特远不相同。在他的诗中有深深的真诚、隐秘的感受，甚至是一些极为复杂的心理体验，如对于生活和生活诸多瞬间的困惑、无信仰的悲剧、对死亡的恐惧等，这诸多的情感与情绪在他的诗中都找到了完美的表现形式。而当他言及抒情主人公与既充满敌意又与之紧密联系、且在其物质表现上令人痛苦而美丽的外部世界的关系时，他的诗就显得更为有力和更为独特。

　　俄罗斯诗人霍达谢维奇称安年斯基为"死亡诗人"，不论是否言过其实，这却揭示了安年斯基诗歌的一个重要特征。安年斯基的确写了不少关于死亡、垂死和墓地的诗，当然，这并非偶然。安年斯基从小就患有严重的心脏病，终生都在忍受病痛的折磨，因而，他对死亡的感知要比许多诗人更强烈、更尖锐，死亡也因之成为贯穿始终的诗歌主题。安年斯基对死亡的认识使他有别于俄罗斯象征主义诗人，因为他不相信彼岸，不相信人有来世。在安年斯基看来，死亡即代表了灵魂的消失、存在的终结：

> 沉寂的四月暮色苍黄，
> 告别了璀璨的星空，
> 柳枝节便在最后的
> 死亡的冰雪中隐没行踪；
>
> 它消失在暗香浮动的烟雾里，
> 消失在停息的悲哀的钟声里，
> 远离了目光深幽的圣像
> 和被忘在黑色墓穴里的拉撒路。
>
> 残缺的淡月高悬于天穹，
> 为了不能死而复活的众生，
> 一捧热泪顺着柳枝流淌
> 流淌到天使绯红色的脸上。

《柳枝节》这首诗充满了死亡的语义，正如诗歌标题所示意的：这是复活节前的最后一周，正值春季的一个宗教节日。与传统上对春天的认识不同，这首诗赋予春天的不是生命，而是死亡。柳枝节在沉寂四月的苍黄暮色中慢慢离去了，"苍黄"这一色彩含有消极语义，象征着疾病、枯萎以及最终的死亡。"暮色苍黄"即是日薄西山的傍晚，是白昼的结束，这里可以理解为是对生命的终结、对人的灵魂即将消失的暗示。拉撒路是被耶稣基督拯救的人，象征着人的死而复生，但诗中的拉撒路却被"忘在黑色墓穴里"，诗人以此表达死亡的必然性和人死后无法重生的思想，最后一个诗节对此表达得尤为清楚。

童年的经历和缠身的病痛让安年斯基对死亡有了更深刻的理解和思考，也赋予他敏锐的嗅觉——总是能够从世间万物的华美表象中嗅到背后所隐藏的腐朽和死亡的气息，《九月》一诗证明了安年斯基对秋天的态度与许多俄国古典诗人截然不同。在安年斯基的眼中，秋天是死亡和走向衰败的象征，九月是一个人生命的最后和弦，是衰老和疾病不可避免的开始。看着枯萎的大自然，抒情主人公感受到了生活的奢华与疲惫。美不再属于他，他谦卑地放下双手，面对着厄运和必然。

> 沐浴金光的花园已然凋零：
> 散发着慢性病般的紫色诱惑，
> 太阳最后的光焰划出短促的弧线，
> 它已无力化作芬芳的硕果。

死亡主题在安年斯基的艺术世界中具有象征意义，它常与忧伤主题交叉融合。"忧伤"对于诗人而言，是一个非常重要的主题，或者更加确切地说，不仅仅是主题，还是一种认识、一种情绪。"忧伤"贯穿了诗人的全部创作，是他最常用的词语之一，且多姿多彩、无处不在：忧伤不仅是时间上的，还具有颜色；不仅是静态的，还是动态的；不仅属于人，还属于世间万物。许多诗歌标题本身就说明了这一点：《回忆的忧伤》《归来的忧伤》《约会前的忧伤》《蓝色的忧伤》《转瞬即逝的忧伤》《缓缓滴落的忧伤》《我的忧伤》《幻影的忧伤》《火车站的忧伤》《钟摆的忧伤》《沉寂雷电的忧伤》，等等。忧伤是什么？对安年斯基而言，忧伤是缺乏多样性的生活，是对过去岁月的怀念，对逝去时光的追忆，是失意的爱情，是落红残叶，是斜阳晚照……忧伤总是不经意间悄悄溜进人的心头，让你感慨渐行渐远的童年和青春，而在地平线上，所能看到的只有即将到来的晚年和自己生命的落日。抒情主人公感觉到死亡的临近，不由自主地回忆起过去的岁月——这些岁月已经无法挽回，也无法弥补。例如《忧伤》：

椭圆形的淡红色蓓蕾，
被晨雾紧紧地包裹，
一簇簇银灰色的花朵
化作虚幻的花束坠落。

……

倘若你被寒热所折磨，
一连数周卧床不起，

你就会懂得隐藏在单调

时日中大麻的甜蜜，

你就会懂得，当你小心地

数着野蔷薇光泽上的色调……

当你在哀伤的各时期之间

无意识地筑造一枚枚徽标。

　　安年斯基笔下的抒情主人公是一个有人生经历的人，他告别了自己的青春，为充满离愁别绪的爱情而痛苦（如《在三月》《什么是幸福?》），并预感到生命末日的临近，简言之，生活中的一切都令他不安和忧伤。抒情主人公"我"所代表的个人生活成为生命的象征，诗人将其阐释为生活失败、无可挽回（如《生命的驿站》《从杯子的四周》《很远……很远……》）。不仅如此，生活还是一种欺骗，这种生活、这种现实，以其丑陋、粗俗、违反某些"理想的"审美规范而令诗人感到恐惧和排斥。对现实的种种不满导致诗人将生活、大自然和世界视为虚幻的、不真实的幻影，于是，失眠、噩梦、女巫、幽灵等意象便频繁出现在抒情主人公的意识中。象征主义诗人沃洛申认为，极少有人像安年斯基那样用诗的语言"如此生动、如此丰满、如此令人信服地完整描述噩梦和失眠"，在此以《另一个声音》为例：

　　啊，绵延不绝的忧郁！

疯狂的诗句，

就像婚宴中

衣着随意的宾朋，

我读着，悲从心生……

在那里，有朦胧夜色中

清冷的繁星，

在那里，有先知的心灵

忍受的三昼夜的苦痛，

在那里，在沉重梦吃中

含情脉脉的幽灵

将自己黑色的面纱，

安娜夫人的面纱，

向他的床头

垂下，笑靥如花……

　　抒情主人公自觉无法与现实世界融为一体，他很清楚这一点，并因此而痛苦。他敏锐地感受到了内心的矛盾、幸福的短暂。他清醒地意识到，美好的梦想与日常生活中存在的庸俗尖锐对立，这庸俗总是让他想起如幽灵、如噩梦般的社会弊端和生活现象（如《不眠之夜》）。令人感到压抑和苦闷的现实生活阻碍抒情主人公表达自己的观点和情感，无处倾诉的"我"总会在梦境中展露内心世界，因为睡梦中的心灵不会受到任何束缚（如《哪一个》）：

丢掉了令人厌烦的面具，

也感受不到存在的桎梏，

自由的"我"进入了

多么神奇的童话乐土！

在那里，有我内心隐藏的一切，

多年来不敢对众人言明；

有烁亮的星星缀满夜空，

还可以爆发纵情的笑声……

  在安年斯基的艺术世界中，梦境被描绘成一个神奇的国度。在那里，世界是抒情主人公意识的产物，"我"是真实的，可以大胆地敞开心扉，也可以纵情欢笑。有梦想的生活是美好的，而诗人需要思考的是，真实的生活在哪里——在梦中，还是在现实中？他请求造物主为他揭开这个奥秘：

  彼岸世界的君王啊，

  我的存在之父，

  你至少要向诗人的心坦言，

  你创造的是哪一个"我"。

  一般而言，在象征主义诗歌中，超现实比现实本身更美，但读者在安年斯基那里却看不到现成的答案。造物主真的能为抒情主人公破解这个谜底吗？不得而知。诗中留下了一个未完成的结尾，它要求读者自己做出结论。或许正是由于诗人强烈地感受到世事的艰难、生活的不如意，才让他更加珍惜时光、热爱生命、渴望生活。安年斯基在许多文章中表达了对生命的热爱，而《痛苦的十四行诗》形象地、具象化地诠释了这一思想：

> 蜜蜂的嗡鸣刚刚停息，
> 蚊子的呻吟却越来越近……
> 心儿啊，白昼结束了不安的空虚，
> 你不会原谅它的哪些骗局？
>
> ……
>
> 我需要黯淡天空上的云烟，
> 云烟漫卷，而随之消散的是往昔，
> 是微合的眼睛和梦想的音乐，
>
> 是不知歌词的梦想的音乐……
> 啊，只需给我一个瞬间，生命的瞬间，而非梦幻，
> 但求我能变成火或在火中涅槃！

安年斯基写社会主题的诗不多，最著名的诗篇就是《爱沙尼亚老妪》。诗人用这首诗回应 1905—1906 年发生在爱沙尼亚的革命事

件，表达了对反动政府残酷镇压革命运动并处决革命者的抗议，同时也概括地反映出不公正的世界所具有的令人不安的生存气氛，以及处于其中的个人的生活不如意，甚至是悲剧性命运，而这，几乎是安年斯基诗歌的全部底色。

> 而你们的儿子……我可没有将他们处斩……

> 我，恰恰相反，我可怜他们，
> 读完几份悲天悯人的报纸，
> 我就变成身着锦缎的神甫，
> 默默地为那些勇士祈福。

> 爱沙尼亚女人摇了摇头。
> 你可怜他们……你可怜又如何，
> 如果你的手指纤细无力，
> 而且从来没能握成拳头？

> 踏实地睡吧，男刽子手和女刽子手！
> 你们只管男欢女爱，笑语欢声！
> 你啊，柔弱的人，你温顺，安静，
> 这世上没有谁比你更恶贯满盈！

由于审查的原因，这首诗不仅没有在诗人有生之年发表，也没有被纳入 1910 年出版的诗集《柏木雕花箱》中，后来被收录到诗集《遗作诗》（1923）中才得以面世。这首诗所蕴含的强烈激情、鲜明的政治立场以及犀利的语言，不仅在安年斯基的诗歌创作中不多见，就是在整个 1900 年代的俄罗斯抒情诗中，也"肯定没有同时兼具这种抒情力量和鲜明的公民精神的诗歌"。

《爱沙尼亚老妪》的副标题是"选自可怕的良心之诗"，"良心的痛苦"对安年斯基来说是个非常重要的问题，《十月的神话》《孩子们》《手风琴的叹息》等都表达了对生活在不安定的社会、被生活冒犯的底层人的同情。诗人悲天悯人的情怀着实令人感动，他用最为朴素的语言、最为细腻的笔触描写所见的底层人的生活状态（如《在途中》）：

> 背着包的老人赤足而行，
> 贫穷又在书写新的故事；
> 啊，多么令人痛苦的问题！
> 良知啊……我们的良知……

"良心的痛苦"让安年斯基成为陀思妥耶夫斯基的追随者，他在《题陀思妥耶夫斯基肖像》一诗中表达了对这位伟大作家的敬慕和拥戴：

> 良心把他变成了先知和诗人，
> 在他身上活着卡拉马佐夫兄弟和群魔——

那曾经灼烧他的痛苦的火焰，

而今化作温柔之光为我们闪烁。

安年斯基力求将人的存在描述得更生动、更有表现力，但在他的笔下，对现实的困惑是与抽象的悲剧性的感知结合在一起的。这位杰出的诗人拥有生动丰富的内心世界、色彩绚丽的内心情感，他试图通过外部世界的细节间接体现这些情感——而这，便是研究者们所认为的"充满高尚思想的直观性"原则。他的"良心之诗"充满了对自己参与人们的命运、为一个人、为所有生命和存在而忧虑的敏锐意识。这就是安年斯基整个人道主义立场的本质——诗人和公民。

安年斯基的诗别具一格，自成体系，其艺术世界充满精美的意象、言未尽意的暗示和深邃的哲理思想。诗人总是通过个人的体验来观照共同的生活感受，但让人称奇的是，这两者并不体现为一种逻辑表现，而是在某种非逻辑表现中并置。诗意的扩张、狂野的色彩、令人惊叹的异国情调于他是格格不入的，但奇异的、总是出于心理动机的联想，生动而清晰的场景细节，以及言外之意的物体性，总能让读者领略到别样的诗意。安年斯基喜欢使用复杂严谨的语法结构和一些生僻的字眼，同时又把鲜活的口语（时而以诗中人物的对白形式，时而作为"来自作者"的话语）引入诗中（如《神经》），甚至以拉洋片的形式作诗（如《儿童球》），这似乎破坏了传统的诗意美，却又不失格律的严整和音乐性。

安年斯基写过一篇名为《什么是诗歌?》的文章，文章开头的第一句话很是出人意料："我不知道。"或许是诗人无法说清楚是什么驱使着他，是什么力量把他的忧伤和苦闷变成了美妙的音乐，变成了另一个世界的奇妙形象，但这种"无知"并不妨碍他创作。他的抒情诗被封闭在相对狭窄的主题范畴和个人经历中，而且还相当统一。然而，这却是一份非常生动和独特的艺术文献，记录了19世纪90年代至20世纪初俄国资本主义开始出现危机这一历史时期俄罗斯先进知识分子所特有的颓废情绪：这是一个孤独的人，失去了所有的社会前景，甚至是乐观的生活态度。这个孤独的人被安年斯基描绘得如此真诚和有力，从而获得了某些典型性特征。

作为一位诗人，安年斯基留给后人的创作遗产不多。他生前几乎默默无闻，死后的名声比他作为20世纪新诗开拓者应得的名声要小得多。尽管如此，曼德尔斯塔姆、帕斯捷尔纳克、阿赫玛托娃，甚至茨维塔耶娃和马雅科夫斯基等一些大名鼎鼎的诗人，都深受他的影响，对他推崇备至，阿赫玛托娃还称他为自己的老师。

安年斯基虽是上世纪初的诗人，但他对现实的困惑与焦虑、对存在的悲剧性理解，以及所呈现的孤独与忧伤，却依然是21世纪生存状态的鲜明映照。安年斯基的诗歌犹如被遗忘的珍宝，今天我们将它呈现在您的面前，轻轻拂去岁月的尘埃，让您走近它、靠近它，静静地感受它的韵味和风采。

马卫红

2021年9月23日于杭州

安年斯基诗选

诗

我迷恋灼热的锡纳亚 [1]
高天之上的雾霭霞光
越是无知，就越是景仰，
就越是爱得炽烈和无望。

但我要逃离芬芳的蔚蓝，
拒受空洞的百合花冠，
我鄙视教堂的傲慢，
和献身者的阿谀颂赞，

只愿在雾海茫茫的远方，
心怀对圣地的疯狂渴望，
跋涉于浩瀚连绵的荒原，
将她步履的印迹寻访。

---

1 锡纳亚：罗马尼亚城镇，位于海拔 844 米的布切吉山坡上。

神秘的座右铭……

神秘的座右铭

很像翻倒的 8：

它——是我们装进意识中

最令人愉快的谎话。

它的誓言常常实现

在珐琅瓷般的时刻，

而黑暗时如繁星闪烁

或是午夜的风轻声唱和。

但在那里黯淡的天体

已不再为我们流转，

在那里永恒——只是被

痛苦的闪电击碎的瞬间。

在灵柩旁

房间已整理完毕。镜面闪亮。

遗落的钢琴被罩好，就像马披着马披：

昨日开会时这里有人死亡，

之后房门一直没有关闭。

日历已经多日没有撕掉，

但抽屉里的钟表仍在嘀嗒走动，

死亡见证者在角落里冷眼观瞧，

那是病人用的带吸管的氧气包。

我困惑地将死者的盖布揭去……

可以说，这就是我……是身体的全部恐惧……

莫非存在的奥秘已将另一个魂灵

迁入了这个被抛弃的陌生人的躯体？

同貌人

非我，非他，也非你，
和我相同，又不相同：
我们某些地方极为相似，
许多特征让人混淆不清。

我们在怀疑中争吵不休，
但已无形地融为一体，
我们都有同一个梦想——
自融合之日就渴望分离。

另一个影子用骗术
将热切的睡梦侵袭，
而我观察得越是勤谨，
认识自己就越是清晰。

只有无言的夜幕
时而映射出我的晃摇
和他的呼吸，
还有我的和非我的心跳……

在岁月昏沉的旋转中，
有个问题越来越令我忧虑：
何时我们才能最终分离，
我将成为怎样的自己？

哪一个？

当无眠的床榻
散落了谵语的花朵，
上帝啊，那是怎样的勇敢，
是怎样的梦想的凯歌！……

丢掉了令人厌烦的面具，
也感受不到存在的桎梏，
自由的"我"进入了
多么神奇的童话乐土！

在那里，有我内心隐藏的一切，
多年来不敢对众人言明；
有烁亮的星星缀满夜空，
还可以爆发纵情的笑声……

在那里，在朦胧的黄晶手镯中
深夜如此轻柔地向我低述；
它燃烧着黑色的火焰，
比痛苦的激情更超脱凡俗……

可是我……对它无动于衷
默默地躺着，一动不动……

在它的心里我苍白无力，
我注视着粉红色的伤处，

注视着模糊的粉红色的伤处，
来自幻影的惺忪醉眼
在那里阅读恣意的欺骗
和屈服于思想的耻辱。

彼岸世界的君王啊，
我的存在之父，
你至少要向诗人的心坦言，
你创造的是哪一个"我"。

在门槛上

十三行诗

她向我的嘴里吹进一口气，
她向自己的火炬呼出一口气，
她让此在和彼岸的整个世界
在疯狂的瞬间将双目睁开，
她一旦离去——生命之树
便散发出阵阵的寒气。

自从我虚度华年，蹉跎时光，
女神就唤起我对生活
越来越热切的渴望，
但无论何时，无论何人，
都无法让我们和解，将我们评判，
可我相信：她会继我之后
再次造访——而我已不在这世上。

叶　子

山巅明灯的金辉
在白色的天空愈加模糊，
铺满落红的林荫路
有片片落叶婀娜起舞。

柔弱的叶子旋转漂泊
不愿触碰地上的尘泥……
哦，莫非这就是你，
这就是我们感受的恐惧？

或者是存在的欺骗
还未收到造物主的谕旨，
忧伤愁闷的我啊，
你是否无终亦无始？

临窗遥想

通常在临睡前的一小时，
当交谈的声音渐渐平息，
我们被心灵深处所吸引，
却因自己的声音而恐惧，

在不断膨胀的阴影中
透过洞口般敞开的小窗，
红褐色的纤维卷成一团，
兀自发出闪闪的亮光。

那里躺着一个寂寞的独眼巨人，
是金色的暑热让他沉醉不醒，
还是一块烧红的木炭，
射向了那只闭合的眼睛？

理　想

瓦斯爆炸的沉闷声
在头顶昏暗的上空响起，
来自废弃桌椅的
黑色的寂寞病原体，

在那里，在绿脸人中间，
将习以为常的忧伤藏起，
在泛黄的故纸堆里
破解令人厌恶的存在之谜。

五　月

天空绽放得如此温柔，
五月的白昼却悄然暗淡，
只有模糊的玻璃窗上
闪烁着西方落日的火焰。

它从昏暗走向绚烂的火焰，
在金光浸染的瞬间变得茫然，
那个世界，我们曾经的世界……
未来是否依然变化万千？

你的目光无法离开
幻如尘烟的金色纱幕，
而它却为渐变的黄昏
注入了一串忧伤的音符。

被火焰映成金色的黄昏，

纵使即刻消逝也未曾知晓，
幸福不会在黄昏中发光，
只在五月金色的欺骗中闪耀，

蓝天为黄昏披上金装，
却放任自己形容黯然……
只有化作残阳的余晖
在玫瑰色的玻璃上痉挛。

七　月

1

十四行诗

当七月整日在失明的
麦田上空燃烧篝火，
令我们欢喜的不是森林乐队，
而是雷声轰鸣的巨球

躲在瞬间变黑的乌云后
玩耍着魔鬼的游戏；
生机盎然的世界变换着
忽而橙黄忽而银白的瞬息；

而雾霭已把太阳
这枚旧金币从褪了色的
蓝天中驱逐出去。

为了死而复活的呼吸
可以痛饮金色暴雨的琼浆，
它的芳香沁人心脾。

2

被静止天体的火焰炙烤，
铁锹唠叨着自己可恶的教训，
它把熟睡的工人掀翻在地上，
就像暴雨冲刷秋天的黑色草堆。

既有某些野蛮力量的最后决定，
也有听不见的垂直光线的召唤，
而在混杂的蓬乱胡须和破檐帽中，
一双双细腿于烟雾中隐约可见。

没有感受到活在世上的可怕？
难道不想尽快地逃离和躲避？
想一想吧：在母亲的怀抱里
这一切曾是粉红色的婴儿肉体。

1900 年

八 月

1. 菊

云朵就这样低沉地游曳，
雾中的一切却更显柔静
一轮骄阳燃起熊熊火焰
没有光线，也没有阴影……

忧郁的辕马无声地
移动着明亮的压力，
王冠上某个灵敏之物
时而黯淡，时而辉熠……

……这发生在夏末时的
爆竹柳中和沙滩上，
在淡黄色花朵前
那渐渐枯萎的花环上，

可我觉得，菊花的
温柔的头颅
正绝望地垂向
明亮的棺材的顶部……

而落在马车搭板上
那两片卷曲的花瓣——
则是被它丢弃的
两个金耳环。

2. 林荫路上的电灯

啊，不要把我呼唤和折磨！
光线盲目而疲倦地滑行，
你为何要将明辉铺洒，
折断黑夜中槭树的枝影？

枝条沉醉于绿色的烟缊，
为被拆穿的心思而叹惜，
而秋天的点点清泪
在它洒金的叶子上战栗。

但天穹如此怡然，繁星璀璨，
所有环节都令人快慰地彼此融合……

无论是梦境，黑暗，还是遗忘……

啊，不要把我呼唤和折磨！

九　月

沐浴金光的花园已然凋零：
散发着慢性病般的紫色诱惑，
太阳最后的光焰划出短促的弧线，
它已无力化作芬芳的硕果。

地毯上的黄丝绒和粗糙的足印，
最后约会时心照不宣的谎昧，
公园里深不见底的黑色池水，
这些皆为成熟的痛苦而准备……

但触动心灵的似乎只有失落的美，
只有对魔法般玄妙力量的沉沦；
而那些赏过荷之清幽的人们，
又为谄媚的秋之馥郁而兴奋。

十一月

十四行诗

紫红的火焰已然暗淡，

昏黄的清晨萧索颓然！

盈窗的枝蔓参差披拂，

今天的一切有如昨天……

有一种快乐是情趣的

突然迸发，它用银色的

蓬松的线条让笔尖

生出精美的花……

雾中的太阳如牢中的囚徒……

多么向往雪橇、黄昏和旷野，

尽赏雾海天光，流云飞渡，

是啊，真想陶醉于铜哨的悠扬，

在无边雪海的松软中

沿着波峰浪谷驰骋飞翔。

风

我爱它，爱它生气之时
为麦田罩上一层轻纱薄翼，
抑或轻飞曼舞，在玫红的
湖面上荡出道道涟漪；

爱它发怒之时恐吓船只
把片片云帆拧成麻花辫；
我还爱那绿色的喧嚣，
以及云朵的残缺碎片……

但我更爱幽僻花园里
清风的温暖与顽皮，
它常用带刺的荨麻
抽打粉红色飞廉的花序。

无用的诗章

十四行诗

不，不是被痛苦孕育的珍珠，
深刻来自黑色金属的洞室：
对于出生前就备受鄙视的物种，
唉！只有我知道它们的价值……

如同落叶，充盈着枯萎，
又被绝望的天穹染成金黄，
它们依然抱有模糊的期望，
但送葬的蜡烛已经点亮。

上演的剧目没有人物也没有台词：
我们痛苦地保存着玫瑰下的火种，
和教堂中黑色壁龛里的辉煌神祇。

他微笑着，向它们伸出手臂。

于是怀疑和焦虑的苍白孩子

走向他，接受红色的托加[1]外衣。

1　托加：或称罗马长袍，是古罗马具有公民身份的男子的着装。诗中为荣耀的象征。

在途中

冰冷的阴雨已然停息，
灰色的雾霭在空中盘桓，
但它又像乳白色的流光
化作田野山林中的斑点。

伴着清晨的夙愿
和对严寒的预估
一列车队在熄灭的
篝火旁默默赶路！

急促细碎的马蹄声，
晨鸟的第一声啼鸣，
还有马车的蒲包下
农夫们整夜的噩梦。

一些噪音的暗示

令我的心烦闷不安：
一个思想总是无声地
将另一个思想引入昏暗。

影子还没有离开地面，
谷仓已沉入朦胧的氤氲，
一旁系着吊桶的压水杆
轻轻发出按压时的呻吟。

背着包的老人赤足而行，
贫穷又在书写新的故事；
啊，多么令人痛苦的问题！
良知啊……我们的良知……

涌上心头的回忆

1. 日落之前

蓝色的天幕渐渐暗淡，
话语依旧凝结在唇边，
我用每一根神经等待
往事的静谧音乐的震颤。

但时光啊，你慢些走，
请你医治这失和的心灵！
我想把幽暗花园里的一切
——装入我的眼睛……

有草坪中的黄毛刷，
田垄上被遗忘的花，
还有爬满青藤的
破旧阳台的框架。

怨恨之斧邪恶凶险，

一切都已烟消云散……

心灵品味着昔日的梦境，

并因此而颤抖不安……

2. 在新的屋顶下

穿过树叶跃窗而入的光

充溢着炽热的蓝，

和缓而慵懒的风

将我的头发抚弄……

一只新蛹还未破茧，

恰似这难产的诗章：

它是大自然的野孩子，

摸不到门也找不到窗，

而在木制的仓房中，

在花园浓暗的绿茵里，

生活的粗糙步履

没有留下丝毫的印迹，

房客不会用讨厌的噪音

污染长满青苔的墙壁：

在这里安静的思想
将流淌成汩汩的墨滴。

在星月交辉的夜晚
废墟在睡梦中隐没……
你好啊，后辈们的住所——
既属于我，又不属于我！

生命的驿站

在光彩照人的普叙赫[1]周边
依旧是那些榕树，
依旧是那些奴仆，
依旧是那些噪音和烟雾⋯⋯

酒中的沉渣，光裸的肢体，
一支支雪茄冷却的灰烬，
唇边——是愤恨的毒药，
心中——是寂寞的浊氛⋯⋯

黑夜早已披上了雪装，
但你不必急于辞行；
如同噩梦，却时常重复：
"来点大麻，还是酒精?"

—————————

1　普叙赫：是人类灵魂的化身，常以带有蝴蝶翅膀的少女形象出现。

想必门厅那里还风凉：
竖起衣领的棺材匠，
正借着摇曳的烛光
在那边照单结账。

在那里

午夜时单调的锣声
把他们的影子聚在黑色大厅，
在那里，在假杜鹃花丛中
无翼的爱神白光荧荧。

在那里，摇曳的灯火
流动着颤抖的辉光，
在那里，百合花散发出
令人陶醉的浓郁芬芳。

在那里，唯一的活物
把刀叉伸向珍馐美馔，
在那里，火热的毒浆
注入了青铜的酒盏。

夜的影子爬了过来

吞没了凝在齿间的笑声，

黑色大厅的晚宴仍在继续，

枯燥乏味，无始无终……

?

即使对于胸无宿物的你们

直到现在——这仍是陶醉于

俄耳甫斯[1]竖琴的快乐仙子，

对于我——却是年迈的智者。

他的脸被古老的理想

犁出了深深的沟壑，

而对于世界，那无声的双唇

只是将苍白的微笑轻扯。

---

1 俄耳甫斯：古希腊神话中的诗人和歌手，父亲是光明、畜牧、音乐之神阿波罗，母亲是司管文艺的缪斯女神卡利俄帕。

第一首钢琴

十四行诗

有一本奇书，里面的每一页
都充满了层叠的神秘幻觉：
那里的古老花园充满月光和童话
那里的槭树为纸张施了魔法，

那里笼罩着不安的空虚，
一列白衣仙子惊慌地奔来跑去，
绿月亮的琼浆让她们陶然而醉，
十仙子沿着梦幻之键快速滑移。

少女们环佩叮当，珠围翠绕，
却令我心中忐忑，备受煎熬：
她们似纯洁的水晶，极其高傲。

我真想一把扯断那条银色的链环……

但我们不会分离，无论和睦，还是忘记，

而刺伤我心灵的，是她们纤细的足迹……

还有一个

白昼也曾炽烈，也曾威严，
它相信蓝色的旗帜永存，
但夜已降临，影子不费一卒
就温柔地俘获了这疲倦之人；

所剩寥寥无几！还有一个
是高傲的圣骑士
在暗淡的希望之光中逃离：
他的金色外衣

只留下一条褐色花边
还有回忆的……痛苦云烟

就像被烧毁的书信中
独一无二的告白。

1908 年

从杯子的四周

像被母亲宠溺的孩子·
时而懂事，时而顽皮……
心不在焉地喝着饮品
随手又将它泼洒在地……

炫耀充沛的精力和时间，
将青春挥霍，还时不时
用醉人的粉红色液体
将自己的理想催眠。

当你看到经历的一切
既不能回还也无法遗忘……
便独自买醉，借酒消愁，
或许儿子此刻还在身旁。

躯体在岁月的重负下弯曲；

酒的滋味已彻底忘记……
但因习惯使然，总是走到
空空如也的酒杯跟前。

Villa Nazionale [1]

凝听琴弦的悲声，海浪
忧郁地翻卷，天光暗淡——
一束焰火即刻就要
闯入沉闷幽静的海湾。

带着对恐惧的朦胧渴望，
和被中断的梦境的疲倦，
南方女皇却无法识透
那神思恍惚的瞬间，当她

将自己怀中的金色花束
拆开、撕碎并向下抛撒，
胆怯的星辰却已撒下了
朵朵璀璨恣意的烟花。

1890 年

---

1 Villa Nazionale：意大利那不勒斯的一个公园。

又在途中

当太阳高悬于天穹
为我发出清脆的笑声，
我追逐光明的时刻，
却仍耽于无聊的幻景……

那个时刻已胆怯地飞走，
但我的铃铛却被丢在了地上：
你在哪里啊，金色的远方？
南方雾霭茫茫，东方暗淡无光……

而那里有一堵墙更靠近夕阳，
它的样子可怕，令人恐惧……
这墙越升越高……我们越降越低……
"等一等，大叔！"——"人家不许"。

在水面上

告诉我，那是草地，云朵，还是河流
被黄色的月亮施了魔法；
银色的平面，银色的远方
在我头上，在我眼前，在我身后……

没什么可惋惜……没什么可留恋……
只求女巫的面具依然光彩明艳
她的故事依然像线团一样
滚向银色的远方、银色的平面。

1900 年

秋天童话的终结

十四行诗

漫漫长夜的黑色童话
不知疲倦地汩汩流淌，
山谷上空那只血红的眼睛
很晚很晚才闪出辉光；

看啊：蛛网般的彩虹
已经发黑，破碎支离，
只有毛茸茸的青苔
乔装成漂亮的孔雀石。

看啊：白棉般的蒸汽
忽而爬行，忽而升腾，
而在黑色的灌木丛中

挂满了一串串的野果

血一样殷红……如同耶稣
被卸下之后的那枚铁钉。

清　晨

这一夜漫长难捱，
我不敢合眼，害怕入眠：
两只折磨人的黑色翅膀
沉重地压在我的胸前。

一只呆愣的雏鸟战抖着
回应翅膀的召唤，
我不知黎明是否会来临，
抑或这就是最后的终点……

啊，勇敢些……噩梦终醒，
它的可怕王国已匿影藏形；
胸前和胸中不祥之鸟的翅膀
在明天到来之前已寂然无声……

云朵还在呜呜地哭泣，

影子却无奈地越变越淡，
躲在雨幕后的平庸白昼
尝试着绽放灿烂的笑脸。

管家万卡在狱中 [1]

沙粒惊慌地旋转聚集，

被海浪冲刷得金光簌簌，

我们的爱情如此短暂，

何况还与一个有夫之妇。

啊，园中的花儿，

无人为其浇灌！

啊，香甜的蜜饼，

会与谁一起分享？

这件事干得让人敬仰：

不管怎么求我——我都不会逃走，

1　这首诗是根据俄罗斯民间传说中一个广为流传的故事而创作的，讲的是一位公爵夫人与其管家的爱情故事以及两人死亡的悲剧。万卡—该隐即伊万·奥西波夫，绰号该隐，出生于1718年，是一个小偷，也是一个强盗；曾在莫斯科侦缉衙门从事"告密"工作，1755年获罪被判服苦役；他的名字出现在许多民间歌曲中。——译自 http：//annensky. lib. ru/pesny/pesny14. htm。

看守让我们靠墙而坐，
但不能肩膀挨着肩膀。

双脚套上了镣铐，
发出哗啦啦的声响，
它似乎在暗示我：
"喂，喂，快逃!"

一个坏蛋在鸟群的四周
游荡——那是我的哀愁……
那个狩猎的女人啊，
你是否找不到猎钩?!

蜡烛即将熄灭

在幽暗的烛焰中
火花飞舞，像活的精灵，
但顷刻间又在
颤抖的黑夜里相继殒命，
而蓝色的光线恳求
在幽暗的烛焰中
长久地化为灰烬。

唉，真想早早进入梦乡，
困意来袭让人不可抵抗，
如同难以驾驭的疯狂欲望。
奔蹿的浪头已然消退，
寂静的海岸了无声响。
蜡烛即将熄灭。黑夜闷热而漫长……
唉，真想早早进入梦乡……

布　景

这——是一个无法入眠的月夜，
　　挂在人造云朵上的月亮
　　那样忧郁萎黄，病病快快，

尘埃飞舞的绿色光束
在纸做的槭树上游荡。

这——是一个无法幻想的月夜……
　　但它的面容僵硬且怪异：
　　——这是你的面具还是你自己？

只见一双睫毛在微微战栗……
接下来……接下来作品被撕毁丢弃。

失　眠

1. 孩子的失眠

一颗火星熄灭了，
它来自地面浊闷的煤烟，
影子静静地游移，
将怪异的轮廓融为一体。

我知道，我无法入睡：
趁我的双唇忙于祈祷，
那些挥之不去的词语
又开始在脑海中萦绕。

我躺下了，影子却溜了，
或因它知晓，便隐藏行踪，
就像蘑菇钻出了地面，
就像时针不停地转动。

2. "命运——是婆娘的絮语"[1]

十四行诗

我了解黑夜。它们的理想和劳作

都充满了战抖和恐慌——

它们常常呼唤思想,

呼唤它飞跃于明月之上。

等待令黑夜痛苦又温柔,

它们常如昙花般闪现,

就像情书与约会之间

那美妙的时光的环链。

但白色五月的夜晚

是早已发黄的纸笺……

此时我在床边听见

纺锤声——如同被崩落的

石堆阻隔的小溪,

突然中断了咿呀的絮语……

1　此句引自普希金的诗《我难以入眠,没有灯火……》

3. 很远……很远……

当震耳欲聋的恼人的
雷声渐渐平息，
老妇人开始用羽毛
轻轻抚摩我的肌肤。
那支羽毛已不蓬松，
被她紧紧握在手中……

我是否曾用这支羽笔
在一张纸上留下了墨迹？
我记得——一滴泪在她眼中闪现，
而另一滴顺着面颊流淌：
疲惫的我早已开始
伏在钟表下为父亲书写诗章……

而温热的枕头渐渐冷却，
窗外泛出暗淡的白色……
该上路了，老太婆，
凌晨时分仓房闷热。
我们动身了……马车缓缓行驶，
却怎么都找不到车辙，
但心儿……在汗涔涔的鞴鞯旁
跳动，像铃铛一样清和……

百　合

1. 第二首痛苦的十四行诗

不是提尔 [1] 或巴格达的大师——

曾几何时只有少女

纤柔的手指才能裁出

百合花娇美的叶子——

而自那时起承诺与损失，

两个无法分离的美，

竟神秘地合为一体，

共存于芬芳的毒药里，

空虚寂寞的时光

1　提尔：提尔即黎巴嫩南部城市苏尔，是位于地中海东岸的历史名城；提尔和巴格达在
　　古代和中世纪以其珠宝首饰的精湛工艺而闻名。

需要永恒的爱来支撑……
一旦冷月清辉惊扰了

林荫路轻浅的睡梦，
在那里百合花的芳唇
就会整夜倾吐离别的幽香。

2. 冬天的百合

冬夜的路那么悠长，
冬夜里我难入梦乡：
穿过夜的厚重围幔
从角落和书架的空隙
投进一缕粉红色暗光。

银光闪闪的酒樽
将一捧捧百合花
倒进昏昏欲睡的夜空
我要痛饮这绝世的香醇——

自诗情画意的鲜润的
百合酒杯中汩汩流淌，
这甜蜜的毒药令我欢畅，
让我的大脑格外紧张……

回忆链条上的环扣

在白色的酒盏中消融，

而这毒药在顷刻间

就让明哲变成懵懂。

3. 百合花的凋落

惨淡的白昼将自己的火炬

交给了黑夜便悄然离开：

空中的云絮变得昏暗，

但沉默的房舍却格外欢快，

壁炉里一条狂舞的金蛇

在盘旋升腾，尽情扭摆。

我望着火焰——它已变得懒惰：

尽管沿着炉壁攀爬，

却不停地颤抖摇晃或者消失，

影子一个接着一个隐匿，

而心儿却梦到另一个影子，

心儿在回忆中啜泣。

此时比金红色煤炭更明亮的

最后片刻的大厦将轰然崩倾：

我会听到黑暗渐近的气息

来自远方的墓地和田野

来自洒满银辉的林荫小径……

快睡吧！……那里更温暖，

而你，女巫，请为我洒上

一滴灵验的忘情水，

让我在百合凋落的夜里

更真切地倾听来自花茎

干燥而奇异的坠落之声。

1901. 02. 03

阳台即景

一棵柔弱的小柳树
爱上了四月的阳光。
"圣周"[1] 还没过去，
苍白的柳树已吐出嫩芽，
接受四月阳光的热情爱抚。

几株老槭树却不为所动：
它们没有感受到四月阳光的温暖，
而只是惊诧于柳树的新绿，
光秃秃的长满苔藓的老槭树
只能在四月的天空下窃窃私语：

"苍白的柳树啊，你爱上

1　圣周：也称受难周，是基督教徒为了纪念耶稣受难/死亡，以及复活的节日。根据教会
　规定，时间为从棕枝主日至复活节的一周。在俄罗斯，由于棕榈枝叶很少见，所以大
　多数信徒使用柳枝作为替代品。

四月的阳光，不会因此而欢喜：
柳树啊，那病态的四月的阳光
绝望又妒忌，它会把你晒焦，
就是不让别人得到你。"

锤子与火星

生活的锤子击碎我肩上的巨石，

如此粗暴和沉重，令我椎心饮泣，

要知道，似乎一个月还没过去，

我竟用虚妄的童话安慰自己……

告诉我，那些花儿是否已经凋零，

两张嘴唇是否已经互相亲吻，

或者幻想已将它们抛在身后，飘然离去，

那些花儿啊……我不知道：

我是否依然爱你……光环不再闪耀，

而闪耀的——是你，也不是你，

生活的锤子异常沉重，令我椎心饮泣，

锤击之下没有火花……没有美……

要知道，似乎一个月还没过去。

1901 年

归来的忧伤

蓝天已疲于为玻璃上的

彩色花纹镀上金衣，

暴风雨高亢的众赞歌 [1]

也在幽暗的苍穹下平息；

一列沉默的阴影

从北门悠然穿行，

但面色苍白的夜天使

还未拜读赞美颂 [2]……

在最后的尘埃飞舞的光线中，

曾经的岁月因自己

不可宽恕的罪过而哀伤，

---

1 众赞歌：一种赞美诗曲调。
2 赞美颂：为感谢上帝而作的古老颂歌，是基督教最常用的赞美诗之一。

就像波提切利[1]笔下的天使，

将一缕金色的鬓发散落在

沉默的大提琴的琴颈上……

1　波提切利：15世纪末佛罗伦萨著名画家，意大利肖像画先驱者。

诗人的诞生与死亡

康塔塔[1]

弹唱歌手

在布满古老金顶的莫斯科上空

闪烁在午夜的不是星光，

啊，在它绿色花园的上空，

在茂盛的绿色花园的上空

初升的朝霞愈燃愈亮。

即将诞生的不是伏尔加河勇士，

而是希望——一个年轻的歌手，

头发卷曲的勇敢的儿郎。

那不是金色的小号在吹响，

而是年轻人在像夜莺一样歌唱，

他的歌如谚语般风趣生动，

1　康塔塔：大型声乐、器乐作品，供独唱、重唱、合唱和乐队使用。

（不是鱼儿潜游在池塘，

不是鸟儿飞向云端，

不是野兽在黑暗的森林里隐藏）

四周侧耳倾听小夜莺的歌声，

花园里的鸟儿凝神屏息，

摇篮里的婴儿手舞足蹈，

走下台阶的年轻人面带微笑，

只有寡居斗室的老人愁绪难消。

一个声音

快驱散银色琴弦的悲声，

哦不，是弹唱歌手，不是夜莺，

这充满魔力的快乐歌手，

用温柔而无谓的忧伤

在寂静之夜把我们的心灼痛。

命运赐予他的

不是芬芳的丁香，而是锁链，

是被遗忘的乡村的雪地，

是任由野火焚烧的草原。

但他那迷人的幻梦

被上帝的爱所鼓舞，

于是诗人将自己无声的泪水

凝铸成一颗纯净的珍珠。

合　唱

面对背叛，面对坟墓

他微笑着抛撒玫瑰花束，

于是诗人将自己无声的泪水

凝铸成一颗纯净的珍珠。

另一个声音

啊，绵延不绝的忧郁！

疯狂的诗句，

就像婚宴中

衣着随意的宾朋，

我读着，悲从心生……

在那里，有朦胧夜色中

清冷的繁星，

在那里，有先知的心灵

忍受三昼夜的苦痛，

在那里，在沉重梦呓中

含情脉脉的幽灵

将自己黑色的面纱，

安娜夫人的面纱，

向他的床头

垂下，笑靥如花……

男声合唱

但女巫却在荒野上
为他熬制最后的锁链，
她悄悄走到寂静的监狱
把他身后的大门关闭。

女声合唱

奇妙诗篇的创造者
不需要你们的眼泪和牢骚：
他头顶上的不朽岁月
在蔚蓝的水晶的火焰中闪耀，
在那里，沾满鲜血的
影子变成了玫瑰红，
而在这里，黑夜将绵长的忧伤
铺展在我们的头顶上，
啊影子，甜蜜的影子，
请你化作伯利恒之星，
化作黑夜胸前的钻石——
引领我们走向上帝的殿堂！……

大合唱

来自沉寂的原野，

没有连绵阴雨的原野，

忧伤的烟雾

颤抖着悬在空中——

它要飞向自由，

它要飞向幸福，

飞向期盼已久的

宏阔的思想！

1899. 04. 03

"苍蝇如同思想" [1]

纪念阿普赫金

失眠和梦魇令我疲惫，

眼前散落着发丝几缕：

我多想用诗歌的毒药

让讨厌的思想陷入昏迷。

我多想解开这些死结……

那里难道只有过错？

秋末的苍蝇如此凶恶，

冰冷的翅膀难以摆脱。

思想这只苍蝇在爬行，恍如梦中，

顷刻变成黑色的墨迹，把纸张铺满……

---

1 本诗的标题源自 19 世纪末俄国诗人阿列克谢·尼古拉耶维奇·阿普赫金（1840—
1893）的诗《苍蝇》中的第一句："苍蝇如同黑色的思想，让我整日不得安宁。"

啊，这些僵尸，多么令人厌恶……
快弄死它们，将它们烧成灰烟。

在绿色的灯罩下

K，J，还有 3！
你们就这样愉快地哄骗头脑：
从看似稳固却摇晃的建筑
到恼人且迟缓的思想
你们就这样愉快地哄骗头脑，
K，J，还有 3！

在你们轮番对心灵的戏弄中，
在手中飞快闪动的花纹里
有女儿的幸福，父亲的名字，
和作为赌注关乎名誉的保证，
在手中飞快闪动的花纹里
在你们轮番对心灵的戏弄中……

你们允诺金色的远方
就在一对 K 的花纹后面

当人们用你们给姑娘们占卜——
在密林深处,在皑皑的雪原,
你们允诺金色的远方
就在一对 K 的花纹后面……

而此时,从天黑到天明
你们绝望地排列在一起,
注定要年复一年漠然地

重复"是"或"否",
你们绝望地排列在一起,
从绿色的黑暗到天明。

第三首痛苦的十四行诗

诗节

不，美和清醒不是它们的命中之物，

我在半梦半醒中凭记忆将它们重复，

它们——是空虚而苦闷的时光，

已被徐缓的火焰烧成了灰土。

但这些于我却珍贵无比——它们模糊再现，

在不安的寂静中积聚和蔓延，

杂乱无序，又猝然彼此关联：

它们是我的喜怒，我的悲欢。

谁能知道，没有这样的狂饮无度，

没有不计其数噩梦般的创作，多少次

我心灰意懒，唉！我真想放声痛哭，

在力量悬殊的战斗中我身心俱疲；

但我热爱诗歌——没有什么感情比它更圣洁：
就像只有母亲才会将患病的孩儿疼惜。

第二首钢琴

十四行诗

在白色法衣的上方，如乌黑的发束，

一排亭亭玉立的女奴翩跹起舞，

无词而清越的声音彼此汇融，

她们的手指又将响板[1]扣动……

蓝色的天穹在她们头顶上映照，

贪婪的黄蜂搅得她们意乱心慌，

但珐琅瓷的痛苦不会让她们流泪，

她们的美闪烁着永不熄灭的辉光。

为了激情、召唤和灵感的喷涌

金手镯发出铿锵顿挫的乐音，

但少女们不为莫名的祷告而感动，

1　响板：流行于西班牙、意大利及拉丁美洲一些国家的一种打击乐器。

而只将微笑向自己的主人敬奉，
她们舞姿轻灵，在蓝色的酒杯下，
冷漠清越的乐音彼此汇融。

平行线

1

听着天空的严厉训责
翻涌的波浪涕泗横流。
而在林中魔鬼一脸鄙视，
对着暴风雨狂笑不休。

但清晨点亮了天空，
水面金辉灼烁，细波荡漾，
而在林中清冷的露珠
闪动着羡慕的泪光。

2

将玫瑰晚霞染成金黄，
太阳垂下了疲惫的面容，
而金光闪烁的水晶

倒映着晚香玉的倩影。

但心儿无需鲜红的玫瑰——
只需枯萎的玫瑰花朵，
只需虚幻的风信子，
和在玻璃中哭泣的百合。

1901 年

忧 伤

椭圆形的淡红色蓓蕾，
被晨雾紧紧地包裹，
一簇簇银灰色的花朵
化作虚幻的花束坠落。

迁徙的苍蝇的诱惑，
徒劳而无端地纠缠，
它将毒素隐藏在光泽中，
缤纷了赤裸的存在界限。

倘若你被寒热所折磨，
一连数周卧床不起，
你就会懂得隐藏在单调
时日中大麻的甜蜜，

你就会懂得，当你小心地

数着野蔷薇光泽上的色调……

当你在哀伤的各时期之间

无意识地筑造一枚枚徽标。

心　愿

如果我用疲惫的双手
在天黑之前耕完田畦，
我就去修道院寻找安宁，
而在遥远的丛林幽谷，

我愿成为每个人的仆役
成为上帝的造物的朋侪，
只求松涛在四围喧哗，
只求松林中白雪皑皑……

当夜里铜钟的召唤
开始在我头顶上鸣响，
我将燃尽的蜡烛的泪珠
滴落在冰冷的花岗岩上。

淡紫色的雾霭

我们的街道被白雪覆盖，
雪地上弥漫着淡紫色的雾霭。

我只顺便朝窗外望了一眼，
就已知晓，我早已将她爱恋。

我祈求她，淡紫色的雾霭：
"过来做客吧，在房中把我陪伴，

不要加剧我内心古老的忧伤，
亲爱的，把你的忧伤与我分享！"

而我听到她的回答从远处响起：
"如果你爱我，自会寻觅我的足迹，

在那旋涡之上薄冰蓝光辉熠，

我飞翔之后会在那里稍作停息，

而没有人在火炉旁见过我们⋯⋯
除非我那自由而勇敢的人们。"

转瞬即逝的忧伤

白昼消失。一轮朦胧的黄月
凝望着阳台，洒下了辉光，
而在敞开的窗户的绝望中，
失明的白墙暗自神伤。

此时夜晚将近。云层幽暗……
傍晚最后的瞬间令我惆怅：
在那里度过的一切——是渴望和忧伤，
在那里亲近的一切——是沮丧和遗忘。

在这里傍晚犹如梦幻：怯懦而短暂，
但对于没有琴弦、泪水和芬芳的心房，
这乌云不断碎裂与融合的地方……
亲近傍晚胜过亲近玫瑰色的夕阳。

1904 年夏
雅尔塔

蜡烛送进来了

您有时是否会隐约看见，
当黄昏在房间里游荡蹀躞，
这里和四周便是另一种环境，
而我们用另一种方式生活？

在那里影子与影子轻柔地融合，
在那里常有这样的瞬间，
让我们用不为人知的目光
默默地走进彼此的心田。

我们害怕这瞬间被动作
惊扰，抑或被话语毁掉，
就像要谛听远处的声音，
在一旁小心地竖起了耳朵。

但只要蜡烛开始燃烧，

这敏感的世界就会不战而逃，
只有影子顺着倾斜的光线
从眼眸奔向蓝色的火焰。

罂　粟

快乐的白昼在燃烧……在倦怠的草丛中
星星点点的罂粟——如同无力的渴望，
如同充盈诱惑和毒药的嘴唇，
如同鲜红的蝴蝶展开的翅膀。

快乐的白昼在燃烧……但花园空旷荒芜。
它的魅力和盛宴早已消耗殆尽，
干枯的罂粟如同老妇人的头颅，
如同罩着天降的发光的酒樽。

弓与弦

这梦呓是怎样的沉重晦暗！
这夜空是怎样的月色朦胧！
抚弄小提琴这么多年
竟不能辨识月光下的琴弦！

谁会需要我们？是谁燃亮了
两张枯黄忧郁的面孔……
而琴弓突然感觉到，
有人将它举起，让弓与弦交融！

"啊，太久了！透过这黑暗
请你告诉我：那是你吗，是你吗？"
琴弦发出声音，悱恻缠绵，
颤抖着与它亲昵，倾诉眷恋。

"是真的吗，从此以后

我们不再分离？暮暮朝朝……"
小提琴回答说，是的，
但它的心却痛如刀绞。

琴弓豁然醒悟，静默不言，
而回声仍在琴身内振颤……
原来人们所认为的音乐，
竟是它们难以承受的苦难。

但人们依然点着蜡烛
直到天亮……琴弦在歌唱……
只有太阳轻易地找到了它们
在黑色天鹅绒的床铺上。

在三月

请忘记芬芳花丛里的夜莺，
但不要忘记相爱的早晨！
还有枯叶之下复苏的土地
　　那油黑的胸膛！

裹在破旧的雪衣里
土地只有一个愿望——
被火热的三月灌醉，比酒更烈，
　　哪怕只一次！

我们无法让贪婪的目光脱离
嫩芽膨胀的土地，哪怕只一次，
我们颤抖着将冰冷的双手交织，
渴望尽快从花园逃离，哪怕只一次……
　　哪怕只一次……就在这一次……

蒲公英

系着绿色腰带的
小女孩干得很辛苦，
她正把两棵黄色的
蒲公英埋进沙土。

蒲公英站立不稳：
想必沙土不太高兴？……
此时太阳已偏西
为花园镀上一层黄金。

女孩把白嫩的
小手拍打干净：
"我刚要挖好小坑，
沙土又把它填平……

真讨厌，真固执！"——
别生气，小女孩，

要是沙坑不高兴，
我们就移走蒲公英。

现在你来看：一切都好了——
孩子们，要开心快乐，
在起伏的小山冈上
有两颗星星熠熠闪烁。

毛茸茸的紫红色的
花朵变成的小星星……
而这正是我渴望的，
瞧，你的花园弄好了。

女孩跳到了一旁，
脸上的笑容灿烂如花，
夜晚将至——在上帝
那里有每个人的床榻……

天使般的女孩会在绒毛中
枕着自己的胳膊入眠……
而那两棵黄色的蒲公英
被丢在了沙土地的一边。

1909.06.26
阔卡拉村

一台老手摇风琴

天空让我们彻底疯狂：
忽而是火忽而是雪，令人眼花，
固执的冬天似野兽般张牙舞爪，
却因四月的到来而丢盔弃甲。

刚刚陷入了短暂的昏厥——
此时又套上头盔重振旗鼓，
在冰层下潺潺流淌的溪水，
还没唱完就被迫沉默凝固。

但前尘旧事早已遗忘，
花园喧闹，白色的石头嗡嗡作响
敞开的窗户向外窥探，
青草是如何为小巷换上绿装。

只有老手摇风琴周身发冷，

在五月的夕阳下神志恍惚，
它旋转滞涩的手柄并加快速度，
却怎么也无法绞碎凶恶的屈辱。

手柄被紧紧握住，它不明白
这有何必要，终是徒劳无功，
只能让衰老的屈辱在烦恼中
因转变的痛苦而与日俱增。

但如果衰老的手柄明白，
它和手摇风琴的命运只能这样，
难道旋转时它就会停止歌唱？
因为不经磨难就不可以歌唱……

柳枝节 [1]

赠瓦·普·赫马拉-巴尔谢夫斯基 [2]

沉寂的四月暮色苍黄，

告别了璀璨的星空，

柳枝节便在最后的

死亡的冰雪中隐没行踪；

它消失在暗香浮动的烟雾里，

消失在停息的悲哀的钟声里，

远离了目光深幽的圣像

和被忘在黑色墓穴里的拉撒路 [3] 。

残缺的淡月高悬于天穹，

---

1 柳枝节是教会节期中除了圣诞节和复活节之外另一个重要的节日，即复活节前一周的
   星期天，纪念耶稣最后一次进圣城耶路撒冷，亦称为"棕枝节""圣枝主日"或"主进
   圣城节"。
2 赫马拉一巴尔谢夫斯基·瓦连京（1895—1944），安年斯基前妻的儿子普拉东·彼得洛
   维奇之子。
3 拉撒路：是《圣经·约翰福音》中记载的人物，他病危时没等到耶稣的救治就死了，
   但耶稣一口断定他将复活，四天后果然被耶稣复活了。

为了不能死而复活的众生，

一捧热泪顺着柳枝流淌

流淌到天使绯红色的脸上。

1907.04.14
皇村

你又和我在一起

你又和我在一起，女友秋天，
可是透过交错的枯枝残叶
云间的蓝天从未如此苍白，
我也不曾记得有更灰暗的初雪。

我不曾见过更悲哀的秋之残物
和更黝黑的秋之河水，
在你昏暗破旧的天幕上
黄色云雾的分离令我心碎。

看着一切行将终结，如泥塑木雕……
啊，这空气是多么的清新美妙……
你可知道……我之所想——最大的痛苦
莫过于发现词语的秘密原为空无……

八　月

阳光还在路旁的树冠下闪烁，
但在那里，在树枝间，却更显萧索沉寂：
面色苍白的冒险家强颜欢笑，
不敢细数命运给予的打击。

窗帘外已是白昼。凄凉的呼唤
随着烟雾在地面上缓缓盘旋……
而烟雾中的一切是令人窒息的酒宴，
昨日的闪光如水晶般碎裂，只有紫菀生机盎然……

抑或这是行人穿过树丛发出的白光？
那里的光焰在黯淡的王冠下抖颤，
抖颤地问道："而你呢？你何时死亡？"
冰冷的言语凝结着送葬的疲倦……

不知演奏是否结束，棺椁是否离去，

但心中的印象却愈发清晰了然；

啊，我多么理解你们：这温暖和善的话语，

这散发腐烂气息的华美花坛……

那是在瓦伦-科斯基瀑布 [1]

那是在瓦伦一科斯基瀑布。
暴雨冲出薄云一泻千里，
几块湿漉漉的黄色木板
纷纷从悲伤的峭壁上逃离。

一入寒夜我们就哈欠不断，
困得眼中泛出了泪花；
那天早晨为让我们开心
有人接连四次抛出布娃娃。

臃肿的布娃娃顺从地
一头扎进银色的瀑布，
起初它一直在水中旋转，
似乎竭尽全力挣脱束缚。

1　瓦伦-科斯基瀑布：芬兰武奥克萨河上的一个瀑布。

水花徒劳地舔舐着

被禁锢的肩臂和双手——

对于每一次新的痛苦

它总是如此实施拯救。

看，奔涌的激流

变黄了，失去了先前的气力；

那个楚赫纳人[1]倒也公平，

为此只收了五十戈比。

布娃娃还躺在石头上，

而河水依旧淙淙流淌……

在那个灰色的早晨

这场喜剧令我黯然神伤。

常有这样的天空，

常有这样的光影嬉戏，

以致布娃娃的屈辱

比自己的屈辱更令人哀惜。

那时我们如树叶般敏感：

1　楚赫纳人：对居住在圣彼得堡郊区的爱沙尼亚人和芬兰人的旧称。

灰色的石头在我们眼中复活，
变成了朋友，而朋友的声音，
像儿时拉的小提琴一样做作。

一种意识在心底生根发芽：
与心灵相伴的只有恐惧，
它在这世间如此孤寂，
就像飞流中那个旧布娃娃……

冬日的天空

残雪初融，继而消失无踪，
面颊滚烫，泛起两朵绯红。
我未曾想过月亮如此娇小
而乌云如此灰暗和迢遥……

我即将离开，别无所求，
因为我已被命运之签抽中，
我未曾想过月亮如此美丽，
如此美丽而不安地映照在天穹。

午夜将至。无我亦无属，
生活的幻想令我厌恶，
在那里我欣赏朦胧的光雾，
在我的充满欺骗的国度。

冬末的月夜

我们停留在小站，

我们被遗忘在深夜，

在一个寂静的月夜，

在一片空旷的林间……

是梦呓——还是真实

我们停留在小站

被遗忘在深夜？

你长途跋涉，

疲惫的列车！

木板白中泛黄，

发出银色的微光，

枕木上布满了

默默融化的寒霜。

你是否已开往那里，

疲惫的列车？

月光下万籁俱寂，

这些阴影，

这列车的叹息，

还有被一轮皓月

映成银白色的

长长的黝黑的

提着无用的信号灯

而隐没在斑驳阴影中的

车站值班员，

莫非都是梦境？丁零丁零——一道铃声，

与这梦境擦肩而过，

这样去而不返，

这样无法弥补，

而继续歌唱的

更清亮的铃声

在某处依稀可辨。

1906.03.27
沃洛格达驿道—托季马小镇

Träumerei [1]

莫非这是影子的汇融，

五月的月夜是否只有阴影？

抑或这是反光，是丁香花

垂落于膝头现出的

明净？

莫非这不是梦，莫非我曾疯狂地

    疯狂地

爱过你，在五月慵懒的阴影中？

依偎在丁香花旁

在月夜，在五月的月夜，

    我是否把你的膝头亲吻，

是否将它们时而放开，时而紧拥，

在慵懒的阴影中，在五月慵懒的阴影中？

莫非花园只是一个幻影

---

1   Träumerei：德语，意为"梦想""梦幻"。

只是月夜的、五月月夜的幻影？

莫非我只是沉默的影子？

莫非你只是我的苦痛，

　　　亲爱的，

皆因我没有与你述说钟情

在月夜，在五月的月夜……

1906.05.16—17
于沃洛格达火车上

闹　钟

它用呖呖的忧郁
为黎明举行订婚礼……
假如我听不到这玩具的鸣叫
该有多么欢喜……

就让明天的它
也和昨天的一样……
哪怕它的演奏
一开始就更响亮流畅。

但现在，金色的齿条
不再诵读
早已厌烦的音符，
它在鸣叫，而不是歌唱……

就像被一颗颗钉子绊住，

全篇由生硬的词句臆造，
枯燥乏味的故事
徒劳地寻找结束的句号，

这是含混不清的梦话
叨念着某人的缺憾……
这是恼人而痛苦的低语
述说着遥遥无期的华年，

这里没有别离的泪水，
也没有苍穹的寒寂，
心——是痛苦的计量仪，
是见证奇迹的器具……

无聊地转动着发条
足有半小时的光景，
可笑而多余的美啊
你究竟在何处藏形。

1909 年

坚强的蝉

我知道，它将回归
将与我做伴——忧伤。
会和钟表匠的房门一起
发出砰砰的声响……

随着翅膀振颤声的临近
坚强的心脏跳个不停，
忽而收紧，忽而放松
那个为它开门的可怜人……

蝉鼓起渴望的翅膀
急不可耐地振动打扑：
能否为幸福的临近而快乐，
能否把痛苦的终结称为幸福……

它还有许多话要说，

还有很远的路要行……
唉！蝉啊，
我们的道路各不相同。

在这里我和你都是怪物，
我们此时生活在一起
也只是须臾——趁着
房门还没有开启……

它会发出砰砰的声响，
而你却渐行渐远……
现在它将悄然回归
将与我做伴——忧伤。

黑色的剪影

十四行诗

为与日俱增的恐惧而失魂落魄，

我们活着就势必要忍受折磨，

而心灵却已变得冰冷漠然，

注定要欺骗自己和彼此欺骗；

当疾病的阴影穿过结冰的窗户，

在夜间向我们靠近，将我们照看，

只有痛苦圆圈的两端

还没有合拢最后一环——

我是否明白，我们已被忧愁吞没，

那个世界，那个呈现虚幻天堂的时刻……

就没有那一刻——只有微光幽幽闪烁……

而花园荒芜……园门已被封住……

漫天飞雪……一个黑色的剪影
在花岗岩的镜面上冷却。

紫水晶

当殷红的白昼疯狂地伸展，
用烈日将青空点燃，
我是那么频频地呼唤昏暗，
紫水晶的寒凉的昏暗。

但愿炽烈的光线莫将
紫水晶的边缘灼伤，
但愿一束摇曳的烛火
在那里流泻和发光。

光芒在那里暗淡碎裂，
只为自己许下的承诺——
某处呈现的不是我们的联系，
而是辉煌灿烂的融合……

灰蓝色的晚霞

灰蓝色的晚霞姗姗而至。
空气温和，令人痴迷，
烟雾笼罩的花园
也呈现出别样的绿意。

在隐藏忧伤的乌云里，
小号不停地祈求神灵，
在细雨霏霏的半空中，
它就这样轻柔地唱鸣。

突然——就像听到光明的召唤，
远方猝不及防消失在天边：
铜盘似的太阳钻出了乌云，
露出一张灿烂的笑脸。

一月的童话

女巫的面具闪闪发光，
手杖笃笃地在地面上敲打……
我的新年童话，
最后的童话，不是你吗？

双唇没有祈求幸福，
安宁中充斥着阴霾，
百合花绽开的花瓣
呼吸着非尘世的忧哀。

花朵抚慰着黯然的眼眸，
满心悲伤地开了口：
"我们会和所有人一样，
今后如此，永远如此……，而你呢？"

别说了……当煤火冒出青烟，

或许做梦并非最佳选择？……

一月的太阳还不够炽烈，

而它的水晶却如此灼热……

噩 梦

“您在等待？您很不安？这是胡说。

您去给他开门？不妥！

您要知道：那可是个疯子在敲门，

天晓得他整夜在哪里，和谁在一起，

衣衫褴褛，言语粗陋，

手里还握着石头；

猛然间——他会腾出一只手，

拾起树枝往您身上丢。

说不定还会亲吻您，慌乱中

把泪水蹭在您的头发上，

要是您遮住脸避开他的唇，

他会痛苦不堪，窘迫难当。

您听好了！……我在吓唬您：

那人远在天边，已经去世……我说了谎话。

抱怨也好，低语也好，敲门声也好——

这都是'血流的声音'、痛苦的声音……

是我们忍受的痛苦，是我，或者您……

难道是身陷囚笼的旋风在呼号？

绝不可能！您镇定从容……只是嘴唇

有些苍白……我真蠢……

在这里约见的是另一个人……

现在我全明白了：惊吓，疲惫

和您眼中隐藏的湿润光泽。"

有人敲门？有人来了？她欠了欠身。

我看到——油灯的灯芯快要燃尽，

粉红色的灯芯……她将辫子放下来。

秀发飞舞又落下……瞧啊，她向我

走来……我们在灯光下，在同一盏灯光下……

四臂互相缠绕，彼此爱慕，

发鬓互相摩擦，彼此爱抚……

他是男人的智慧，是骄傲的鹰

他鄙视胆怯不安的心儿，

以及潮湿而天真的激情！

突然间我已变成了另一个人……

卧室……烛光颤动。淅沥的小雨

缠绵而忧伤……我刚才睡着了，做了一个梦。

基辅的教堂

绿色的蜡烛缓缓熔化，
香炉闪烁幽暗的火光，
有什么东西顺着
肩膀滑落到地上，

有人无声蠕动着嘴唇
在石板旁为生命祈祷，
有人从"十字架"上俯身，
把黄色的水喂给他们……

"快了吧?"——别急，快了……
耳中是叮当的碰击声，
而走廊里的黑暗
却愈发沉寂和幽深……

不，我不想，我不想！

什么？既无人，也无路？

呼吸即将熄灭蜡烛？

别出声……你应该匍匐……

彼与此

夜没有消失。夜如顽石。
消失的只是哭泣的冰山，
以及自己奇异的飞翔
在体内奔流迸射的火焰。

冰块在头上徒劳地融化，
发出扑扑簌簌的声响：
他们不会记得，
清点时枕头只有一双。

而他们应该睡在篝火
熊熊的蓝色烟雾中，
如果早已厌恶投射在
光滑斧头上油灯的光束。

但在黎明来临之前

心中仍充盈着愉快的睡意，

一切会将他们宽恕……

如果此只是此，而不是彼。

抑扬格

啊，我感觉被毒化的黑夜

和脏污的白昼积攒的重压！

你们，这些纸牌，此时还有什么

比你们更诱人、庸俗和可怕！

你们可怕，只因醉酒后的温情，

科学、爱情和诗歌——都对你们甘拜下风。

哪些下流的双手我没有紧握，

哪些事情我没有赞同？……快点儿！等着出牌……

绿色的尼布——孔雀石般水藻的颜色，

一截粉笔头让红桃 A 化成飞灰……

试想一下：在上断头台之前

人们用纸牌将牢中的死囚麻醉。

拳 头

绽放在声音嘈杂的地狱，
那是或沉重或响亮的步履，
街区和煤烟的不断呻吟
以及台球的砰砰撞击。

能够去爱，趁东方
尚未被血色染红，
为时甚短，趁白头巾
尚未将发辫包拢。

不论是心灵，还是力量，
通通用压制和仇恨来喂养——
只为女儿跟在华丽的棺椁后
举着伞佝偻着身躯踽踽独行。

1906.05.21—22
格利亚佐韦茨

噢不， 不是身躯

噢不，不是身躯，即便如此婀娜，

我隐藏的不是你诱惑中

甜美笑容的湿润的光泽——

而是痛苦的冰冷小蛇。

时常在艳俗华丽的大厅，

华尔兹乐曲时而低沉，时而激昂，

我将帕西法尔[1]所言称为理想，

影子和死亡在国王的面具之上游荡……

留下我吧。寂寞会为我铺床。

我为何需要世人梦想的乐土？

如果肮脏和卑鄙——只是因

闪耀在那里的美而忍受的痛苦……

1　帕西法尔：由德国作曲家瓦格纳编剧并谱曲的三幕歌剧，剧中的帕西法尔貌似傻瓜，
实际上是勇敢的骑士，是信奉基督教道德理想的人。

照魔镜

我的水晶能显三次灵：
放在第一根肋骨下——
痛苦的手就会在那里松开，
四周就会燃起熊熊的篝火。

但你又看不到篝火，
只要你往下移动——
那里就会伸出苍白的手臂
与空虚的黑暗相拥。

你能否按住最后一根肋骨——
手既不能握紧，也不能放松，
然而没有哪一道彩虹，
比终极痛苦的彩虹更不幸！……

三 人

她的火把鲜红而炽烈，
他是融化的阴郁的雪：
他望着她并开始燃烧，
因从未体验过的愉悦。

死亡的怀抱恶毒地敞开——
他没有听到那声呼唤："活着"，
并在天庭中留下了
一簇无望的爱的火焰。

而在一条深幽的河谷，
脚下拖着泡沫的法衣，
孤独的寡妇悠然入梦——
冰冷的河水奔腾不息……

清　醒

明亮的酒杯已被喝干，
清醒后倍感空虚茫然：
心如火灾之后的废墟，
弥漫着令人窒息的黑烟。

喝干了？多可怜的字眼，
对这句话又何需惧怕：
我将透过弥漫的黑烟
迅速分辨出往事的残渣。

凡事不希望欺骗——
一切都会留在我身后……
躲在云雾里的太阳
如起床的病人面黄肌瘦。

心儿啊，你的命运已然分明——

陈年的灰烬不要触及……
被诅咒的火焰再也不会
将你黑色的墙壁舔舐!

祭悼之前

十四行诗

这两天人们在此窃窃私语：斯人已逝，

家中的来客都是宾朋，

而在令人窒息的尘烟中

片片菊花正慢慢凋零。

我凝视着陷入沉思：世界属于他，

但也属于我们，属于我们所有人，

或者通往污浊监狱的大门

已被砰的一声彻底关闭？

"唉！逝者已矣！可那寡妻幼娃……"

都是些空话、空话、空话[1]。

在白色的镜子里

1　此句引自莎士比亚的戏剧《哈姆雷特》第二幕第二场中哈姆雷特说的一句台词。

只有恐怖在祈祷和歌唱，

而恐惧一边深深地鞠躬，

一边将蜡烛向我们发放。

民　谣

赠尼·斯·古米廖夫 [1]

乳白色的清晨潮湿闷热，

该上路了，行李已捆好……

在马路上潮湿的马车前

闪烁的油灯泛起青烟袅袅。

身后只有一座无人的别墅……

发黄的墙壁湿润光滑……

阳台上挂着一块无用的画布……

匆忙中大丽菊被折断了枝芽。

"在幸福中……" [2]　无力的老马站立不稳：

假面舞会令它们更加疲惫不堪……

1　尼古拉·斯捷潘诺维奇·古米廖夫（1886—1921）——俄国著名诗人，阿克梅派诗歌
　　的主要奠基人和理论家；曾在俄国皇村学校学习，当时安年斯基是该校校长。

2　"在幸福中……"：出自东正教丧葬仪式中的祭祷歌《在幸福中永远安息》。

大黄狗站在破败的别墅前
狂吠着用尾巴抽打云杉……

但此时它却舒展了身体，
摊开了四肢，以沙土为床……
只有我们恐慌地摘下帽子——
再也不敢把它戴在头上。

……你多么可恶，夫人，
冷漠地呼吸着紫罗兰的气息！
我渴望——将来和你一样……
"渴望就去尝试！"——夫人低声轻语。

赠　诗[1]

我把我的诗寄给您，

玩闹的士兵曾远离它们！

在诗歌缺席之日，只有您的小号，

鸣唱得更痛苦也更沉静……

1909.03.31

1　赠诗：是作为抒情诗的民谣中的最后一部分。

明亮的光环

十四行诗

烛光早已浸漫了
晚霞朦胧的云烟，
熏香的轻雾缭绕流溢，
花朵苍白地缩成一团。

在祈祷和泪水的雾海中，
在长发飘散的光环中，
在她黑色面纱的氤氲中，
梦想竟如此疯狂，

而沉重的紫晶耳环
作为回应光芒闪动。
香炉芬芳的蓝色幽梦

此时已消散得无踪无影……

为何我爱这面纱死心塌地，

爱这明亮的光环至死不渝？

沉寂雷电的忧伤

心儿是否不再忍受
渴望雷霆的熬煎，
穿过那红白相间的闪电？
而此时它却爱上了
绿松石的深渊，
爱上了她那倦怠的双眼。

天穹碧蓝如洗，
将光线投射到
金线编织的水波涟漪，
天穹的风暴停息
将眼中的爱抚——
送给花园的盎然绿意。

一道雷电凝望着
绿松石般的玻璃

它来自陌生的栖息之地……

忧伤的眼眸

不要继续冷酷，

你是否爱过，是否会宽恕？……

回忆的忧伤

我的眼前总是展开
一张浸满墨汁的纸。
我要远离人群，但去哪里，
去哪里我能将黑夜躲避？

所有的生命变得如此遥远，
所有的虚无变得如此明晰，
而被忘却的诗句在黎明前
凝结成一个个模糊的黑点。

我在虚无缥缈的反光中沉迷，
那里幻影般的字母可辨依稀……
……我喜欢孩子们在家里玩耍，
也喜欢他们在夜里哭啼。

白石头的忧伤

辛菲罗波尔 [1] 之夏

石头因疲惫而麻木，

人们沐浴在阳光中，

还有什么比夏日城市的风景

更令人熟悉和厌恶？

在既定的图案中

城市——是餐具上的花纹……

你们对此是否无所谓：

在那里是石头还是人？

这晕眩被苍白的赤贫

凝固成白色的巨石，

而这晕眩对于我

1　辛菲罗波尔：克里米亚自治共和国首府。

既是摇篮又是囚室。

假如它不是时隐时现，
不会令人沉郁和晕眩，
那只能将你们挤压合拢，
而你会如此渴望

奔向茫茫无际的苍穹中
那淡紫色的反光，
奔向白雪覆盖的石板旁
系在一起的两团花束。

看倦了刻板的花纹，
我堕入了梦想，
在瓷器边缘的
白色光泽中如痴如狂。

1904 年
辛菲罗波尔

143

雨

灰蓝色的幕布被撕开——
它不想无聊地挂在那里，
于是织成冰冷的网
啪啪地抽打沥青的城市……

抽打之后又开始悠荡……
它通身银白闪亮，
就像渎神者手中的圣油，
在锦缎周围汩汩流淌。

在与蓝天交欢的那一刻，
充满了羞怯的静谧——
全身裹满了发黑的泡沫，
粗暴地将窗户敲击。

它在沙坑里藏匿，

在水管中奔跑和喧哗，

时而洒下同情的泪水，

时而燃起七色的虹霞。

哦不！不求你变化多端，

只求你能凝结为一体！

莫非你不想用秋日的困乏

将风情万种的五月席卷？

或者你也可以变成我，

一个固执的残疾人，

并向世人许诺，决不活到

奥维德的第一个时代 [1]：

为了伊马特拉 [2]

多年来我们内心如初——

站在潮湿的柏油路上

诗人希望就这样寻找幸福。

                                    1909.06.29
                                       皇村

---

1 奥维德的第一个时代：古罗马诗人奥维德在其史诗性作品《变形记》第一卷中讲述了
   天地的开创以及黄金、白银、青铜、黑铁四个时代。
2 伊马特拉：是芬兰沃克西河上的一个瀑布。

十月的神话

我苦闷。我不堪忍受。
我听到一个盲人在行走：
他整夜在我的房顶上
步履蹒跚，不眠不休。

我不知道，刺痛心儿的
是我的眼泪，还是
那个没有应答的盲人
流下来的泪水，

泪水从浑浊的眼中溢出，
顺着他暗淡的面颊流淌，
就在这寂静的午夜
顺着玻璃流向四方。

无乐的浪漫曲

漆黑的秋夜，灯火朦胧，

冰冷的雨珠轻舞飞扬，

漆黑的秋夜，灯火朦胧，

只有车辙印闪着金光。

漆黑的秋夜，灯火朦胧，

而有毒的煤烟更加朦胧，

漆黑的秋夜，我和你在一起，

但我们紧缩的心却沉默不语……

你把酒杯从我唇边拿开，它丝毫未动，

只因秋夜灯火朦胧……

Nox vitae [1]

影子兴奋不已，它把鼠李的

血液输给了患失绿病的茉莉……

然而……风……槭树……林梢的喧嚣

都在指责对往日时光的回忆……

但是……黯淡而迷幻的月亮

现出草木黝黑轻灵的身姿，

而你们，就是隐藏在树枝

阴郁洁白中的忧伤的影子！

花园和土地如此奇异地融合，

仅以自己冷峻的沉默，

就像黑夜让人想起死亡，

仅以凋谢的落红和遍地的枯黄。

———————————

1　Nox vitae：拉丁语，意为"生命之夜"。

要知道刚才这里还是
一片晴空，但这又何妨？
影子啊，我不认识你们，
我的心与你们水火不容。

难道果真如此，我的上帝，
在这里我曾爱过，我曾年轻，
之后却离乡背井，如断梗飘萍？……
而在这寒冷的月夜已然回到家中？

方形小窗

啊，残雪消融的月之远方，
啊，冰封雪盖的黑暗道路，
疲惫的心儿隐隐作痛，
无法让人安然入梦。

在凋败的豌豆地那边，
在枯萎的木犀草那边，
我俯身在方形小窗上
与一轮明月娓娓而谈。

自由漂泊的思想
谦恭地收起一双翅膀，
但它冷静清醒的头脑
不会因祈祷而迷失方向。

"你是否还记得

那春风习习的早晨，
她的薄纱恰得拉[1]
多么飘逸轻盈？

你是否还记得
银色叶子的锦葵花，
你不敢把芳香的恰得拉
从她的头上取下？

你备受苦闷的折磨，
因而后来并不知道——
是什么把他们拴在一起，
是青藤还是绳索？"

"快闭嘴吧，回忆，
我的胸口啊，莫要疼痛！
她曾多么渴望成为
我的月亮，我的秘密。

为了面纱上
郁金香的银色酒杯，

---

1   恰得拉：伊斯兰教妇女蒙面的面纱，在中亚还从肩披到脚。

我甘愿无数次祈祷，
斋戒之时心力交瘁!"

"你知道吗，她还在那里?"
"怎么可能，多少年已过去?"
"瞧啊——她蒙着面纱……
你可认得那纤巧的足迹?

如此痴情难以想象，
身披轻纱如雾如烟，
她就在你的修士帽上方，
熏香的氤氲萦绕在她身边。"

"是她……可是长着两只角，
还有一副颤抖的胡须——
在凋败的豌豆地那边，
在枯萎的木犀草那边……"

痛苦的十四行诗

蜜蜂的嗡鸣刚刚停息，
蚊子的呻吟却越来越近……
心儿啊，白昼结束了不安的空虚，
你不会原谅它的哪些骗局？

我需要黄色灯光下的融雪，
灯光透过水雾玻璃疲惫地闪现，
只为那缕秀发离我更近一些，
在我面前轻轻地散开和飘曳。

我需要黯淡天空上的云烟，
云烟漫卷，而随之消散的是往昔，
是微合的眼睛和梦想的音乐，

是不知歌词的梦想的音乐……
啊，只需给我一个瞬间，生命的瞬间，而非梦幻，
但求我能变成火或在火中涅槃！

冰冷的囚牢

墙上的洞口布满了斑点，
起雾的冰面瞬间被染成金黄……
曾经美妙的春天的理想，
为你闪光的囚牢我羞愧难当。

徒劳的闪耀让你筋疲力尽，
你哭泣，胆怯地东突西撞，
而午后的阳光却无力塑造
红色烟雾中那瑰丽的景象。

你铭记的只是另一个世界的模样，
凝望你的不再是那些花朵，
而你的终点止于病人的心脏，
假如你不会很快在地下窒息而亡。

但不要祝愿沉默的见证者

在春天到来前珍惜自己蓝色的囚牢……

你不是理想，你只能腐烂，

恰似一股奔涌轰鸣的波涛。

雪

我多想爱上冬天，
然而负担沉重……
甚至烟雾也会因此
无力升上天空。

这被阻断的线路，
这沉重的飞行，
这闪烁微弱蓝光的
潸然泪下的冰！

但我爱轻盈的雪
自云端飘然而下——
时而洁白耀目，
时而淡紫如霞……

我更爱融化的雪，

当它打开天空的幕帘，

疲惫地躺在

光滑的悬崖上面，

仿佛雾中一群

纯洁的梦幻——

浮动在春天焚烧祭品的

痛苦的边缘。

睚鲁的女儿 [1]

小草羸弱，石板泛白，

胜利的号角已经吹响：

"击碎蓝色的冰块，

将它们彻底烧光！"

太阳准确地旋转，忘记了

被它长期囚禁的冬天；

只有在复活节的颂歌中

我才能听到死亡的召唤。

太阳曾在积雪下跃动，

那里也有一个生命：

应该把金刚石唤醒，
它早已被冻得僵硬……

为何要把白雪外套
从温柔的纯洁的
美的轮廓上粗暴地扯掉，
为何要将美的花朵焚烧？

为何火焰如此幽蓝，
而太阳却如此苍白，
听，钟声悠扬，它是否
与铜钟融合为一体？

那个人拯救了世界的罪恶，
排干了滔滔的泪水之河，
我主耶稣是否也是这样
拯救了睚鲁的女儿？

燃烧的灯芯不再闪烁，
风儿不再将衣衫吹拂……
救世主走近女孩的病榻，
轻声对她说："起来吧。"

火车站的忧伤

啊，永恒生活的祭礼，
难以摆脱的寂寞毒刺……
正午飞尘的暑热中充满
车站的嘈杂和油漆的臭气……

在一间被封死的摊亭
几只半死不活的苍蝇
在流淌的石灰浆里
东冲西撞，寸步难行。

褪了色的绿旗，
喷出的白色蒸汽，
以及没有回应的
遥远号角的召唤。

在欺骗的约会中

离别的象征——

有如独臂列车员

在钟表旁候等……

可有更加乏味的东西，

胜过凝滞不动的圆点，

胜过沉睡的树叶上

正午的战栗……

肯定有，却并非此物……

开过来吧——你别无选择；

你多么闷热和肮脏，

但无所谓——你并非此物！

在这模糊的漩涡中

沉没并销声匿迹，

一头扑在沙发上，

让自己昏睡不起！……

在车厢里

事也做够了，话也说够了，
让我们默默相依，不笑不语，
低矮的云层洒下漫天雪花，
山间的天光多么朦胧凄迷。

在它们无法理解的争斗中
黑色的爆竹柳惊慌不安。
"明天见——我对你说，
今天你我互不相欠。"

无须幻想，无须祈求，
哪怕我的罪过难以原谅，
透过沾满雪絮的玻璃，
我只想将白色的田野眺望。

而你——炫耀吧，燃烧吧……

但要允诺已将过去宽恕，

愿你像朝霞一样燃烧，

而周围的一切都将凝固。

冬天的列车

迷雾中的两只眼睛
烧穿积雪无声的黑暗，
一缕飞舞的轻烟
原是金光闪烁的喷泉。

我知道——这条喷火的长龙，
周身覆盖着松软的雪绒，
此时要用疯狂的奔跑
惊醒远方沉沉的睡梦。

但带着他们，这些疲惫的奴隶，
注定要坠入冰冷的泥坑，
一列沉重的棺材吃力前行，
发出锁链般叮当的响声。

午夜提着一盏纱灯，

忽明忽暗的破纱灯，
在思想和半睡的噩梦之间
沿着车厢穿行。

就像一个虚幻的僧侣，
他的巡视越是隐秘，
黑色梦境中的烟雾就越浓，
就越令人麻木和窒息；

而真真假假的梦话就越多，
呼出的气息就越令人厌恶，
还有一颗颗后仰的脑袋
在红色的靠枕上随意晃动。

又像一个盯着钱袋的强盗，
我们清醒之时它不露声色，
只是默默地炼制自己的麻药，
还不时地清除黑色的浮沫。

底下撞击不断，身旁一片鼾声，
越来越没有方向、没有名称……
而没有入睡的人更令人憎恶，
这半是生存半是死亡的混沌！

但黑夜正在消失……
昨日的秋阳衰老而苍凉，
此时黎明渐渐升起，
离开它那痛苦阴影的温床。

内心的痛苦已然淡去，
似乎一夜间就被忘记，
而撞击声越来越急促，
就像冰层猝然断裂分离。

蒸汽像一道黄色的墙壁
将红色的火焰紧紧包围，
而疼痛的牙齿要顽强地
把冰冷的石头彻底嚼碎。

致女伴

天空阴暗得多么纯粹，
远方的森林仿佛
一块奇特的镂空绣缎，
伸向我们已知的蓝天……

你的眼中没有责备：
燃尽的晚霞和蓝粉色反光，
与它们的每一次相遇，
你都当作珍贵的回想。

但我无法克制内心的哀伤：
在被烧成焦土的天空，
我看见无日落的混沌中
迸射出一缕苍凉的霞光。

我们离开吧……我再也无法忍受

这些僵硬而清晰的线条

和蓝纸板一样的苍穹……

任它艳阳当空还是夜幕笼罩！……

死去的女人

一张蓝色的纸，
非常粗糙的纸，
纸上细密的网格中
点缀着几根树枝，
网状的树枝。
树枝挂满白霜，
晶莹的白霜，
仿佛一粒粒砂糖……
在蓝色的纸上
点缀着几根树枝，
眼泪很讽刺。
不幸的芦苇，
可爱的芦苇，
他在忙些什么？
他想让人相信，
她依然活着，

只是累倒而已——

（足够了，亲爱的！）

她在等待五月，

等待风的拥抱

和绿色的裙裾，

在莺啼鸟啭的童话中

入睡，醒来，眯缝着

被蓝天的光焰

照射的惺忪睡眼。

在蓝色的纸上，

非常粗糙的纸上，

点缀着几根树枝，

网状的树枝。

在干枯的芦苇旁

在蓝色的纸上

白霜凝结了

她的所有泪水。

版　画

忧伤而颤抖的嗡鸣声
不再蔓延——戛然而终……
鲜红的烟雾和黝黑的尘埃
在银色密林的上空浮动。

而远处是一幅清晰的图画——
森林的蓝色树梢：
宛如用烈性伏特加
在铜版上拉出的线条。

道路明朗，但前途未卜，
受伤的铜版已麻木僵硬——
空中一轮呆板的太阳
令它发出痛苦的呻吟。

烟雾被黑色思想的

烟圈牢牢地禁锢……

而这思想也备受嘲讽——

它只是漫长冬季的毒素。

我在水底

我在水底，我是悲哀的碎片，
碧波在我的头上荡漾。
任谁都无法走出这痛苦的
玻璃般的黑暗，没有道路和方向……

我记得天空和轻盈的飞翔，
白色的大理石和下面的水域，
我记得喷泉射出的水雾
被蓝色的灯火连成一体……

如果相信那些梦呓的低语，
就会让我陶醉早已厌倦的安闲，

仅有一只白色手臂的安德洛墨达[1]

正在那里把我深切思念。

1906.05.05
沃洛格达

1　安德洛墨达：是希腊神话中的人物，埃塞俄比亚公主。诗中指位于普希金城（皇村）叶卡捷琳娜公园游泳池旁的安德洛墨达雕塑，是 18 世纪一位不知名的雕塑家的作品，塑像的手臂受损且大致复原。

青铜诗人 [1]

洁白的云朵挂在蓝色的圆顶上，
茂密的林梢伸向清朗的天空，
尘埃闪亮，而影子开始拉长，
远处的幽灵正向心儿靠拢。

我不知道故事是否如此简短，
还是我没有把后一半读完？……
云朵在暗淡的圆顶上消失，
夜晚在黑色的林梢间穿行……

椅子和椅子上的人——
在凝固的夜色中更觉沉重恐惧。
不要动——康乃馨开始闪烁，

1　青铜诗人：诗中指皇村附近皇村花园中的普希金雕像。

模糊的灌木丛融合并消失，

青铜诗人摆脱了纠缠的困意，

从石座跳向沾满露水的草地。

"Pace" 和平雕像[1]

在镀金的浴室和光荣的方尖碑之间

伫立着一个白色少女，四周是如茵的草地。

神杖不能令她快乐，她也没有敲钹击鼓，

而白色大理石的潘[2]更不会把她爱慕。

几团冰冷的雾霭将她亲吻，

湿润的嘴唇留下了黑色的伤痕。

但少女依然美丽而高傲，

身旁的芳草永远不会被割掉。

我不知这是何故——女神的雕像

1　Pace：意大利语，意为和平。和平雕像是一个手持低垂火炬的女神雕像，为18世纪意大利雕刻家多梅尼科·迪·巴托洛所做，位于普希金城的叶卡捷琳娜公园。

2　潘：希腊神话里的牧神。

用甜美的魅力将我的心儿征服……

我喜欢她的抱怨和可怕的鼻子[1]，
还有收拢的双脚和粗陋的辫子。

而尤其喜欢细雨霏霏之际，
她光裸无助的躯体洁白如玉……

啊，赐我永恒吧——而我要将它献出，
因为对于抱怨和岁月我已然麻木。

1　可怕的鼻子：诗中指塑像的鼻子因受损而让人感到丑陋和可怕。

钟摆的忧伤

期限就在今天赶来
带着一种莫名的激情；
雨热情地敲打着玻璃，
风要将昏睡的门闩叫醒。

仿佛屋中的一切都已死亡……
我的灯光暗淡而昏黄，
老马在秸秆上吃力地挪动，
摇晃身上的一串铃铛。

身体虚弱而疲倦，
却因恐惧更加不安，
有人正在恼怒地抱怨，
让我无法安然入眠。

我躺在床上想入非非，

莫非是我做得不对——
在白色的表盘上
画了一朵盛开的蔷薇。

墙上变换着昼和夜的面容，
在人类沉闷的笼子里，
一个疯子拖着无声的影子
挥舞着手臂来回走动。

他走着走着，突然回跳，
嘶嘶怪叫——多走了六十分，
嘶嘶怪叫又哈哈大笑，
因为急躁而脚步不稳。

他又要用脚步去测量
墙上颤抖的灯光，
死守严防，想着要不要检查，
人们是否已经躺在床上。

他边走边挥舞着手臂，
为了合上节拍不断调整步伐，
像一个极度兴奋的狂躁病人，
不断地重复咔嗒、咔嗒……

一切都已停止。

表盘里再无声息……

可有谁在那里

继续挥舞着手臂?

不! 足矣……尽管远方

微弱而忧郁地闪烁光芒,

在头顶的方格披巾上

不无甜蜜地肆意徜徉。

一幅画

如同过了筛子*丝丝缕缕*，
马车上落下了绵绵细雨，
萎靡的白昼气恼地起了床，
来不及抖落身上的麻醉剂。

我的远方之路空旷而平坦……
只是在黑色的村庄旁
无尽的道路变得更加忧伤，
就像倾斜的雨丝和篱笆墙。

听……睡醒的乌鸦叫个不停，
草棚里的牧羊人也睁开了眼睛，
马队穿过一群纠缠的苍蝇，
在路上踏出沉重的回声。

而打了绺的灰色马尾

垂在我们浅黄色的马车旁，

小桥上的干净木板，

建筑工地上的黑色木板——

都被冲进了沟渠——

与各种杂物搅在了一起……

夜里我总是无法入睡，

或许可以在这里试试?

当然，你可以入睡……只是不能戴着帽子。

真是稀奇……竟朝一个姑娘走去!

瞧——在我眼前出现了

一个衣着寒酸的女骑手。

她只有七岁——一只小手

紧紧抓住了马笼头，

催促一匹劣马快点儿走，

用另一只手牵着马缰绳，

她转过头，不舍地

目送着马车远去，

而后开始在雾中奔跑，

希望自己如幻影般消匿。

令人痛苦的责备

将我从睡梦中唤醒：

"这——是她的节日；

这——是早晨，生命的早晨!"

一座老庄园

心在故乡。心儿愉悦。但这是何故？
为房屋的影子？为花园的影子？我不清楚。

古老的花园——所有的山杨——干枯，恐怖！
房屋——废墟……水藻，水藻，在池塘里漂浮……

损失算个啥！……兄弟打兄弟……委屈算个啥！……
尘埃与腐朽……一切都已倾斜……而站立的……

那是谁的住所？谁的老屋？……谁的蜗居？
一个死去的女乞丐的陋室，了无生机……

恍惚中见她突然起身，朝窗外望去：
"这可不能拿，你让我不安，老爷子！

瞧这活宝！瞧这小丑！真够麻利！

他喜欢古物，喜欢回忆往昔……

你不能作假，你走吧：那两团光
不在我家窗户里，而是猫的眼睛。

我给你一些吃的——女贞子、天仙子……
只是后果很可怕——月亮上的一个月就是一年的光景……

那么多高塔，那么多台阶——却没有门……
当月亮升起出现之时——你到哪里藏身？……"

嘘……不要作声……都是陈年旧事——但透过云烟
隐约可见……一晃而过……一晃而过……仍鲜活再现！

莫非这是我疲惫的心儿所需？
需要房屋的影子？花园的喧嚣？我不清楚……

前　奏

我不惧怕生活。它用令人振作的喧嚣
将思想燃烧，让思想之光闪耀。
荒寂的昏暗生出的是恐慌，不是思想，
而黑夜里的花朵似水晶般寒凉。
时光在我虚度年华时悄然溜走，
在灵魂被痛苦触摸的那一刻，
我像用手遮挡的风中的火柴，
在你们中间战抖，为自己的安宁而担忧……
哪怕只是这一刻……此刻不要将我打扰，
我要走自己的路，不停地摸索和寻找……
请在沉默中记住我漠然的目光，
也不要妨碍周围的人喧闹和吵嚷。
这样最好。只求人们不要发现
雾中的我，或许，还有创作者的悲伤。

音乐会之后

黑色的天穹降落在林荫小路，
但在这个夜晚心却难以将疲惫降服……
熄灭的灯火，消隐的声音——
难道这就是梦幻留下的全部？

啊，她的丝绸长裙是多么忧伤，
黑色肩部的领口闪着清冷的白光！
她呆滞的眼睛多么让我怜惜，
还有细软温顺的雪白的手臂！

在漠然的不安的麻木的人群中，
有多少心灵在这里忘却了伤悲！
音乐响起，它在静谧中孕育，
丁香般迷人舒缓，闪烁着星之光辉！

时而如断线的珠子不安地跳脱，

在月光的映照下，轻柔又火热，

时而如紫晶在含露的草叶上滚动，

尔后倏然消失，无影无踪。

巴黎的佛教弥撒

致法·弗·杰林斯基[1]

1

缠绕着黄色丝绸的圆柱，

鲜艳画框里黄色的紫色的裙裾

隐没在缭绕的松香和轻缓的铃声里，

千百年词语的奇怪的韵律，

都在秋天的金饰中变得柔和——

你们在我的记忆中复活。

2

孔武的蒙古人在举行宗教仪式，

神秘的言语缓缓地消散，

消散在博物馆中间别致的教堂里，

1　法捷·弗朗采维奇·杰林斯基：圣彼得堡大学古典语文系教授，擅长翻译古典作品。

以便女士们舞动黑色的折扇，

她们与神秘格格不入，像新鲜的鸢尾花，

只有小姐们认真倾听翻译的话。

3

丝绸似的斑点抚摩我的目光，

在神秘中我只能听懂音乐。

而我以此捕捉更关切的和声，

我呼吸韵律，如同呼吸熏香的波浪，

为了神秘的音乐的梦想

平庸散文的稿费令我羞愧难当。

4

日祷结束了，大厅立刻活跃起来，

蒙古人微笑着为我们发放鲜花。

闻着手中奇异的花香，

歌手和外交官们匆匆向出口走去，

而女士们小心地提着裙摆——

晚上要听《吉祥物》[1] 或《卡门》。

---

1 《吉祥物》：是法国作曲家埃德蒙·奥朗德创作的轻歌剧。

5

空中回荡着难懂的话语，

它在狂热的痛苦中由心而生，

只为纯净的心灵在此吸纳幸福……

但我奇怪而可怕地看到，

面纱从微笑的上方垂落，

神祇的花朵从温柔的指间掉落。

银色的正午

临近正午，云雾还没有
被银色的闪光驱散，
临近正午，云雾因太阳的伤痕
变得更加昏黄，
变得更加昏黄而呆板。
而正午如此无情地燃烧，
让我此时心烦意乱，
眼中的斑点时隐时现，
恰似紫色和红色的小球，
闪动在僵死蒸汽的碎片之间。
它们为何要在那里跳跃，
这群疯狂而快乐的家伙，
是在捕捉和追寻太阳吗？
而太阳为何要将它们爱抚，
这些死亡空间的虚幻影像！
可以想象豪华的写字台，

富丽堂皇的锦缎和灯光，

都在一片赞扬中黯然失色：

丑角阿尔列金和皮埃罗[1]来了，

啊，豪华的写字台洁白闪亮！

他们却手持蜡烛站在灵柩旁！

---

1 丑角阿尔列金和皮埃罗：是18世纪风行欧洲的意大利即兴喜剧中的代表性人物。丑角阿尔列金是一个活泼进取的年轻人，穿着五颜六色的衣服。皮埃罗是一个悲伤的失败者，脸色苍白，穿着白色衣装。

儿童球

卖球了，卖球！

儿童球！

爸爸有钱！

买吧，老兄，买个球吧！

哎，穿着裘皮，要是钱有剩余，

就别舍不得，五卢布而已：

我把它往空中一抛——

过两小时你再瞧仔细！

常言说得好，自由自在才最好。

老板，您是否同意？

为了大家都高兴，

不还价——只要三卢布七十五戈比！

 为了解放运动

 还能再少吗？

 咋了？你认吠了？……

嘿，大婶！你卖的啥东西？

太小了？

对不起，抓了个啥样的……

　　说来不稀奇——

另一个也长大了，

而我们的基特

它很了解自己，

肚子一点没有长，

却总是马虎大意

因为它在思考问题！……

你卖的啥东西？

别弄坏了，你可不是干亲家，

尽管干坏事——但是不骗人……

　　儿童球，

　　　红色的，紫色的，

　　　便宜卖了！

　　儿童球！

哎，衣领子，你会说德语？

买十个吧，成双也配对，

剩下的白送你……

真可惜，你德语说得不咋地，

否则的话——一诺千金！

可怜可怜我吧，老爷子！

他像您一样——丝毫都不差——

看看他——也是大腹便便

　　脸色焦黄

心里同样想着卡坚卡[1]……

　　便宜到家了——

　　总共五戈比，

莫非还剩二十五戈比，

看在老爷的分上再添十戈比——

再买个带国徽的！

　　卖球了，儿童球！

　　老兄，这球你们拿走，

　　而我们，拿钱去换几杯酒！……

1　卡坚卡：这里是指印有叶卡捷琳娜二世画像、面值 100 卢布的钞票。

死 亡

谢天谢地，影子重现！
不知为何，死亡一早
就在我的头顶上盘旋
持续了一整天，
灰暗的一整天！
在黄色破旧的围墙之间，
痛苦的俘虏气息奄奄，
像漏气的暗红色的球
在线绳上不停地战抖，
在黄色破旧的围墙之间！
又像无力的影子，
在这灰暗的白昼
始终拉着这根线
但怎么都无法结束折磨
在这灰暗的白昼……
快些来吧，黑夜！

想让自己精疲力竭，

只求能安然入睡，

而后昏沉地走进

令人昏沉的黑夜！

只是头顶上方的那个球，

气息微弱的暗红色的球，

仍在床铺上方等候

等候变得和我一样……

这个气息微弱的暗红色的球，

就在那里，就在我的头顶上方……

黑色的春天

十四行诗

在金属的噪声中——
棺椁开始移动，
掀开可怕的棺盖，
蜡黄的鼻子赫然可见。

他是否想去那里呼吸，
去那空旷的胸膛？……
新雪发出暗淡的白光，
松软的路面实在难行。

只有蒙蒙的雾气，
向着腐烂流动，
而黑色的春天木讷地
凝望肉冻般的眼眸——

从剥落的屋顶和褐色的土坑，

从绿草如茵般的面孔。

而在那里，在荒凉的田野上，

凝望来自鸟儿蓬松的翅膀……

人们啊！坎坷道路上的

生活足迹是多么沉重，

但如果两个死神碰面，

还有什么比这更令人哀痛。

1906.03.19
托基马

幻　影

影子边游荡，边祈求：

　　"放手，放手!"

摆脱这银色的月光

　　你能去何方？

丁香树丛的绿色幻影

　　在窗前浮动……

离开吧，影子，留下吧，影子，

　　你与我汇融……

她一动不动，沉默无语，

　　闪着斑驳的泪光，

两枝五月的丁香花

　　插在弯弯的发辫上……

而我相信无声的泡沫，

如同相信呓语，
我将跟随她走下楼梯，
　　走向花园中的砂砾。

啊，苍白的影子，快告诉我
　　我有何过错，
趁着画廊里的玻璃
　　还透着黑色。

花朵终将枯萎，花朵只是骗局，
　　但我，我——属于你！
雾中藏着寒冷，藏着伤口
　　在黎明到来的前夕……

云

是要经历沉重的离别，
还是我将看到无法回避的眼睛，
云朵啊，我温柔的天鹅，
当时我觉得你们真是年轻！

那远去的雷雨尚未隐退，
依然在空中自在地逡巡，
临近傍晚，粉红色的云层
霞光初露，像一颗少女的心。

而你们不喜欢响亮的歌声，
我一离开，你们就倍感愁闷，
无望地弥漫，裂成碎片，
却依旧彼此牵绊和吸引……

胆怯的歌声消失了，

内心的喜悦变成了悔怨，

而嫉妒的你们在我头顶上

哭泣，像烟雾一样飞散。

中断的韵律

十四行诗

无论多么响亮和强盛——
抑扬——格已筋疲力尽，
在金色的闪光中沉默，
让位于另一种和声。

突然漫天的烟花，
落满清晨散文的秃枝，
诗句一行接着一行
神奇地向树叶飞驰。

我了解你们，舞台的好友，
一扬——三抑格的第三个诗格，
是诗歌自由奔放的朋友。

你们在清晨的

闪——光中为苍白的灯火

炫耀喀迈拉[1]的轻柔舞姿。

1　喀迈拉：古代希腊神话中有着狮头羊身蛇尾的怪兽，可指代"不可能的想法""不切实际的幻想"。

第二和第四一扬三抑格音步

效力于谄媚或者幻想
就像女王训练有素的丈夫，
是您还是你，该如何称呼，
第二和第四一扬三抑格音步？

仿佛硬币的花纹，曾几何时
你们清晰的线条已被磨光，
你们把石板上长满青苔的诗句，
像糖浆一样倒在了蛋糕上。

你们——是模糊的蓝色高空
投射在井中的呆板的照片，
你们——是醉醺醺的疯狂的联盟，

你们——是新年的通信员，
即使不停地向结冰的围巾哈气，
也要为我们送来一束幽兰。

人

十四行诗

我来世上已有三十载，
为了生活，我痛苦地
把虚幻星球发出的光分为
"是"和"否"、"好"和"坏"。

为了生活，我不安和悲愤
只因那些虚无缥缈的幻影……
假如我构想自己的身份，
我相信自己是一个诗人。

在工作中是否纰漏不断，
或者机构中有很多陷阱，
而我的自由的精神不变——

此时我不是神灵，我是上帝……

假如人们不像唤狗一样叫喊：

"追上!""趴下!""找吧!""快点!"……

我 爱

当狂奔的三套车从林中穿过
我爱渐渐平息的回声，
当豪放的开怀大笑之后
我爱瞬间袭来的倦慵。

冬季的清晨我爱头顶上
那弥漫的淡紫色暗光，
以及太阳点燃春天之处，
那冬日的粉红色反光。

我爱苍茫荒凉的旷野中
颜色凋落时的异彩纷呈……
我爱这世间的一切，
哪怕它既无和声，也无回声。

旷野晚钟

闪光中的森林薄雾弥漫，
光影中的面容变幻莫测，
祈祷的钟声悠扬而起，
飘向蓝色天穹的幽僻之所……

钟声啊，你带上我！
心儿如此孱弱和孤寂，
就连白昼闪光的灰尘
也会用世界的潜力刺激……

这钟声，它在预示什么？
还是在那里我们生气全无，
犹如岛屿中的珍珠
在蓝色的水湾中凝固？

秋

在四面围攻中败退……但苍白的天体
刚把我们上方的圆顶染成金色，

薄雾便笼罩了褪色草原上的河流，
云朵便在我们头顶上轻盈地游走。

而它们的动作隐藏了多少温情，
多少背叛的遗忘的毒药和分离的苦痛，

让心儿甘愿为它献上悠扬的旋律……
但积雪覆盖群峰，那里依然沉寂，

夜幕下咆哮的海浪猝然中断了
天地之间架起的一根根琴弦……

清晨是谁在那里无声地惊扰了熟寐，

他悄声提醒说，我们已被定罪。

山脊岿然不动，似乎已经凝固，
黑夜迫近，那感觉令人恍惚……

仅赠我们隐藏其安宁的人……

仅赠我们隐藏其安宁的人，
他的呼吸甜美轻盈……
我窗户上空的旗帜
岿然不动。

你定会到来，如果你相信梦想，
　　只是你是那个她吗？
我知道：那里有花园，那里的丁香
　　沐浴着阳光。

多好啊，在蓝色的火焰中，
　　在清朗的沙沙声中，
只是那妙不可言的魔法
　　于我水火不容……

那里的蜜蜂把蜂蜜送进蜂箱，

它们陶醉在花的海洋……

但心儿只能活在梦想中

在群星中耀亮……

百合的芬芳令我痛苦……

百合的芬芳令我痛苦，
因为里面隐藏着腐朽，
我更爱呼吸蓝色树脂的气息，
只是这呼吸应该独自享受……

拒绝了美的诱惑，
我钟情于云烟中美的玄幻……
而火焰的不朽的花朵
只在我的眼中才闪烁湛蓝……

修长的手

注定被如此甜蜜地紧握，

紫色的睡意因此而淡薄——

粉红色瘦小珍珠的冰冷

我的双唇从未曾忘过。

啊！姐妹们，十个温柔的姐妹，

两个亲热和睦的家庭，

能为你们挂上夜的帷幕，

我的心中无比欢欣。

你们——是灯之辉光的艺伎，

是五枝订了婚的玫瑰，

但在库普里斯[1]那里没有圣女，

1　库普里斯：塞浦路斯最早的丰产女神，大约从公元前 3000 年开始，丰产女神以阿佛洛狄忒的名字世代相传，阿佛洛狄忒后来又被奉为爱与美女神。

我爱的并非你们所说之人。

仿佛令人痛苦的木乃伊，

仿佛晚香玉憋闷的密室，

我只是用思想的茎秆

嫁接了一个可怕的童话故事……

我的手啊，一双修长的手，

我在寂寞的寒冷中感受过

你们甜蜜而有力的紧握，

我也为他人带来过幸福。

但我知道……醉态蒙眬的我——

会抛出一根长长的魔线，

我会梦见，阿尔梅亚 1，

梦见那些欺辱你的恶言。

1909.10.20—24

美　德

1. 针线筐

沉思时词语缄默无声，

我多么喜欢在静谧中寻找它们！

只需要，

　　　　夜色幽深沉寂，

只为夜晚被遗忘得更彻底，

只为夜晚被遗忘得更迅速

被遗忘在稀疏的灯火之间，

　　　　在角落里，

　　　就像一座被废弃的屋宇……

被遗忘在安静的饭厅里，

　　　在你的头顶上，在紫色的……

　　　只为桌旁忐忑的人们

　　　不会打翻手中的黄色液体，

而迟缓的手颤抖着

在那里把灰色的丝线梳理，

只为心怀忧伤的你

将这些丝线逐一分离，

之后穿针引线，

银针在紫色的绣品上

在闪光的流苏下游走……

然后你带着沉静的喜悦，

窸窸窣窣打了一个结，

又小心地铺好床单，

而你却在那里睡着了，美德，

在一团蓬乱柔软的丝线中间……

1907 年

2. 黑暗车厢里的一束木犀草

Dors，dors，mon enfant！ [1]

在昏暗的清晨不要把他叫醒，

要用亲吻温暖他的睡梦……

而她——全身颤抖——快起来：

你独自一人，你是主宰……快起来！

1　Dors，dors，mon enfant！：法语，意为"睡吧，睡吧，我的孩子！"

为了你我重新燃起梦想，

计算它的每一寸时光……

黑暗如此安静、幽深、温煦

弥漫着木犀草的气息……

在蓝色的灯火中，

在葱郁的枝叶间

数不尽的

烛火飘忽游荡，

在花园里，

如同梦呓，

菊花正兀自绽放……

在那里你能做一切，现在你敢做一切，

但不要相信祈祷和指责！

当烛火摇曳

紫罗兰葳蕤，

当木犀草在梦中呼吸——

这里便没有痛苦，没有罪过和羞愧……

你害怕血泊中

自己细润如脂的双腿，

并为蓬乱发辫上的

白色花冠而担心?

噢，不要出声！不要叫喊！

就像时光——非神秘的

温柔的美的光阴。

　　　　……在枝条间，

在灯火中，蓝色菊花的梦想

已化为飞烟……

待你醒来——必是清新纯净，

判若两人……啊，判若两人！

神色淡定不慌乱，

在订婚戒指上

时针将指向七点……

1908.12.11

春 天

公园稀疏的草丛中有一株白桦，
黝黑，枯干，凄凉而孤单……
五月的正午，女孩在那里摘下了帽子，
一头秀发随之松散。
她的男友剪好了几个花体字，
挂在了白桦树枝上，然后笑着，
往头上戴了一顶五颜六色的帽子。

　　五月默默地观看
不由得从蓝天上发出惊叹，
仿佛枯干的白桦绽出了明艳的花瓣……

秋　天

在那里孤月整夜被云雾围绕，

　　在那里一个好心的可怜人

　　整夜在长椅上打盹，脸埋进帽子里。

将近黎明，透过乳白色的烟雾

　　可见白桦树上挂着一串

　　弯曲可怕的黑色皂荚，

　　在凌乱的鸟巢之下，

　　长度——有一人之高……

　　而云间的蓝天却疑惑地

　　把果实累累的晚秋观瞧。

雾中的星空……

雾中的星空暗淡无光，
胆怯的风今晚没有把它点亮……
只有慵懒的云杉在窗前闪现，
雪花飞旋，把我们的身形掩藏。

浓密的睫毛沾满了雪花，
让你无法看见我的眼睛，
眼泪，只是没有烧焦的心，
星星，已厌倦发出光明……

它们的爱令你无限感伤
你的星星充满疯狂的抱怨……
而我痛苦地羡慕着雪花，
你能因它们而泪流满面……

亲爱的

"亲爱的，亲爱的，你去哪儿了，
在那个暴风雪的晚上?"
"我睡不着，而夜间的路很亮，
就去了老大爷的磨坊。"

"亲爱的，亲爱的，我无法理解
你的这番胡言乱语。
夜半三更你为啥要去他那里?"
"为啥去? 当然是磨面去。"

"亲爱的，亲爱的，你磨的是谁家的面?
咱家的粮食现在还长在地里!"
"你说谁家的? 当然是你家的……
不过，磨坊主并没问起……"

"亲爱的，亲爱的，面在哪里?

莫非你把它藏在了围裙里?"

"藏在轮子旁,那儿的水很深……

但今天水怪却带着他的继承人……"

1907.04.15
皇村

一艘船的两只帆

或许火热的酷暑即将来临，
或许海浪翻卷，浪花飞溢，
我们是一艘船的两只帆，
注定要同命运共呼吸。

欲望的风暴将我们融合，
疯狂的梦想让我们相连，
但命运却默默地在我们中间
画出了一条永恒的界限。

在无星的南方的夜晚，
当黑暗恣意地辽阔，
被燃烧的两只船帆，
却无法彼此触摸……

1904

两种爱情

致谢·弗·冯·施泰因[1]

有一种爱情，好似云烟：

如果贴得太紧——会令你眩晕，

如果放任自由——会悄悄溜走……

就如云烟吧——但要永远年轻。

有一种爱情，好似阴影：

白天蜷缩在脚边——唯你是从，

夜里却悄悄地将你紧拥……

就如阴影吧，但要朝夕与共……

1　谢尔盖·弗拉基米罗维奇·冯·施泰因（1882—1955）：俄国诗人、翻译家、批评家、文学史家，女诗人阿赫玛托娃的姐夫，《阿波罗》杂志的合作者，发表过有关安年斯基创作的评论文章。

致友人

我爱上了你疯狂的激情，
但无法立刻成为你和我，
我破解了预兆之梦的字符，
清晰地用花体写下一句话。

在那里恐惧变换着各种面孔，
忧伤已把心灵的纸张揉皱，
而影子如同酒宴上的幽灵，
在字里行间造作而慵懒地游走。

你的梦想——是夜里放荡的女郎，
一股闪亮的月光旋风会突然
从她们的肩头扬起发辫的波浪，

我的梦想——则在安德洛玛刻[1]的衣后隐藏。

她梳着高耸如云的发髻，

上面蒙着一块精美的丝绢。

但我手中那只严苛的笔

绝不屈从自己和声的句点。

你通身是火。火中的你无比清纯。

你终将燃为灰烬，但不会留下污痕，

在那里你是神，而我只是醒世者，

是多余的宾客，笨拙且迟钝。

数年之后……或许数月之后……

甚至数日之后——我们就会殒殁：

你——躺在芬芳桂冠的花瓣中，

而我，被直接抬上了板车。

与嫉妒的命运

和懦弱的贫穷相悖，

你死后将留下一座纪念碑，

---

1 安德洛玛刻：《伊利亚特》及其他古希腊悲剧中的形象，赫克托耳之妻，底比斯国王厄
   提昂之女；为人温柔善良，勇敢聪慧，以对丈夫的挚爱和忠诚著称。

尽管轻盈甜美，却坚不可摧……

承载我理想的岁月悄然流逝……
谁知道呢？也许突然出现另一个诗人，
拥有比海洋更加澎湃的灵魂，
会爱上她身着崭新盛装的影子和风韵……

一旦爱上她，就会知她、懂她，
就会看到，影子苏醒了，有了呼吸——
就会默默地祝愿她在人间飞行，
而世人却听不见她的声音……

即使在存在的圈子里
也不会有这样的精神爱恋，
我不是我的兄弟和魔法师，
只是有了一些微不足道的改变。

他和我

粉红色郁金香的慵倦
早已弥漫在花叶之间，
但热情而悠扬的钢琴声
却飘向了阴暗的高天。

那里有痛苦或者欢喜，
有真相或者奥秘，
但他——属于自己，而您——却属于他，
这种认识让您感到甜蜜。

而我用另一颗星的辉光
在怀疑中不安地寻找，

我像一个调音师，
把所有的调式小心调校。

天黑了……房间空荡

我吃力地回忆往事，

假如没有回应，即便音色纯净，

音符也会逐一消失。

不可能

有一种词语——它们的呼吸如同色彩，
那样温柔、苍白而惶恐，
但它们中没有什么比你
更忧伤更温柔——不可能。

我不知道，我曾爱过
你那坠入天鹅绒的声音：
我面前是忽明忽暗的墓地
和穿过昏暗的白色手臂。

但只有在菊花的白色花冠中，
面对着忘却的第一次威吓，
我才能辨识出这些
B、3 和 M 气韵的轻拂。

仍记得，把你装扮得非常漂亮，

就像四月里花园中的新娘——
我在封死的篱笆门旁等候，
是否到了给门卫打电话的时候。

假如色彩惶恐地变得苍白，
一个接着一个凋零，
凋零的尽是忧伤的词语，
而我只爱其中一个——不可能。

遗 忘

一条无法摘钩的链子，
一个不受控制的影子——
这是遗忘，但遗忘
恰如柔和的秋日时光，

恰如教堂里正午的骄阳
透过斑斓的花纹玻璃——
裹挟着被落叶遮盖的，
但依然奔涌的热浪……

我们——忍受责难，我们——身心俱疲，
而遗忘终将如云烟远去，
尝遍世间悲欢，留下的
只是肖像上青春的印记。

夜的斯坦司

致奥·彼·赫马拉-巴尔谢夫斯卡娅 [1]

树影间的光斑在已入梦的

花园的泥土上消散。

你的一切如此甜美和神秘，

而我只记得你说过"我会来"。

黑色的烟雾，而你比烟雾更轻盈，

比树叶上的绒毛更娇柔，

我不知道你是谁，但我爱你，

我不知道你属于谁，但你是梦想。

钻石的光焰不会射入

你身后空荡的房间，

1　奥尔迦·彼得罗夫娜·赫马拉-巴尔谢夫斯卡娅：安年斯基的继子普拉东·彼得罗维奇·赫马尔-巴尔谢夫斯基的妻子，安年斯基的崇拜者。

在这里芬芳的紫罗兰

已为你铺上了美丽的地毯。

我在昔日的梦中记住了这个夜晚，

但我并不苦闷，而是祝祷：

透过被遗忘在桦树上的提灯，

熔化的蜡烛哭泣却不忘燃烧。

致姐姐

阿·尼·安年斯卡娅

傍晚。顶棚低矮的
绿色儿童房。
一本枯燥的德语书。
戴着眼镜穿着长袜的奶娘。

似乎我正在读一本
粗制滥造的黄色长篇……
甚至还能读出书名，
如果不是雾气弥漫。

您还是那个阿琳娜，
眼底的心绪美好纯真，
穿着大圆领的连衣裙，
肩上披着灰色的围巾……

我双膝窝在椅子里，
目不转睛地望着您，
您那温软纤细的手啊
让我喜爱，令我着迷。

一串串听不懂的词语
于我却似天籁般动听……
我等待您发"P"的声音
舌尖的碰撞犹如银铃……

铜烛台上落满了蜡泪，
奶娘房间里摇曳着烛光……
那真情，那静谧的忧伤，
这一切永远在心中荡漾……

月

Sunt mihi bis septem [1]

谁比我更强——就向谁求婚……

都已筋疲力尽——彼此没有交融：

这淡蓝的暮色

和灰白的天穹……

我无法让三月刺骨的空气

在微化的积雪中

在绿树几近触摸的星空

与怕冷的夜晚交融……

莫非珍珠般的你会魔法，

而其余的人你一概不需要，

1　Sunt mihi bis septem：拉丁语，意为"我的二乘七"。

莫非是你的残缺让他们分离，

黄色镰刀上烧焦的斑点才那样密集，

莫非你是天上悠闲的漂泊者，

生来具有讽刺性的思想？……

缓缓滴落的忧伤

啊，深夜静谧中的水滴，
昏昏欲睡时的哗楞棒，
它们不断颤动、膨胀
而后坠落，明快且铿锵。

在沉寂无眠的黑夜
我怎能不期盼水滴的声响：
孤独的蜡烛的烛芯
闪烁、燃烧，倾诉着忧伤。

在这场奇怪的婚姻中，
我似乎应该隐身匿迹，
当我明白，两个在黑暗中逐渐
消失的生命之间毫无希望的联系。

十三行诗

我曾渴望爱上云，在黎明时分……
但它的雾霭令我伤心：
曾经的束缚于我异常沉重，
于是我明白，那时我还年轻。

我曾渴望爱上有云的夜晚，
当天穹尽染，霞光渐渐消隐，
但因它们奉献了绚丽的身躯，
夜里我梦到的只是灰烬。

我只爱夜晚和水晶中的花朵，
光焰在那里碎裂、散落，
因为它们犹如梦想的快乐
在水晶中兰摧玉折……
因为——你就是那花朵。

奥雷安达 [1]

不论高处华宅的白色恣肆，

哪怕彩绘大门上的鹰金碧辉煌，

还是阿拉伯女人的异想天开，

都无法持久地令心儿欢畅。

但在岩石侧影的玫瑰色斑点里

我徒劳地找寻心灵，自己的心灵……

我在烧毁宫殿的如画的荒凉中

与她相逢——在那里，花儿

沿着碎裂的大理石台阶温柔地绽放，

正午时分破败的花园愈发哀伤幽暗，

而蓝色的光线无拘无束地撩拨着

褪色的装饰板和打盹儿的喷泉。

1　奥雷安达：位于克里米亚半岛的南部海岸的小镇，距雅尔塔六公里。

我似乎觉得，能在那里找到她，

她在池塘里与毛茸茸的天鹅嬉戏，

我们会坐在同一条破旧的长凳上，

坐在拱出地面的树根旁，

坐在山岩上的小路旁——在那里，浇铸的

十字架在闪耀痛苦之美的上空幻想。

困　倦

十四行诗

一簇簇轻红淡紫

无香的丁香

在这个闷热温软的时日

寂然不动，如处牢房。

没有阳光，但影子与影子

总能组成新的搭档，

没有下雨，而积年累月的

泪河——只是缓缓流淌。

半是睡梦，半是清醒，

忧郁，但没有回忆

而心灵会将一切宽恕……

寒冷刺骨，是否令人难安，

绵绵的细雨不疾不徐，

就这样无声地飘散。

神 经

留声机唱片

这条街尘土飞扬，晒得滚烫！
上帝啊，这松树是多么忧伤！

屋檐下的阳台。妻子缠着毛线团。
丈夫坐在一旁。他们身后的麻布像船帆。

他们的阳台就在花坛上方。
"你说——不是他……那万一是呢？
整天织，我的上帝啊……
　　　　　起码我们得商量商量……"
　　　　　……卖云莓啦，云莓果！……
"能不能把紫色的本子放一放？"
"那啥，夫人，要不买点菠菜吧？"
"买吧，安奴什卡！"
　　　　　"我还在那边的墙上

见过一张字条，要不……"

　　　　　　……上好的梳子！

"哎呀……邮差来了……有彼得罗夫家的信吗？"

"没有，只有一份《光明报》。"

"怎么样？你都弄好了？"

　　　　"扔到炉灶里烧了。"

"太草率了！……当着那女人的面？

这件事我想这么办：我先搞清楚，

然后再告诉你事情的全部……

还有什么漏洞我们没有堵住？"

"我全都烧了。"

　　　　——她叹了口气，默默地数着针数……

"你发现没：今天有位先生

从我们旁边来回走了三次？"

"来回走的人多了……"

　　　　"可他四处踅摸，一直东张西望，

瞧他那眼神，准是个探子……"

"我们这里有啥好踅摸的？我的上帝！"

"瓦夏咋还没回家，它跑哪去了？"

"那边来了一个看门人，说找老爷要证件。"

"是找我吗？……今天星期几？"

　　　　"星期二。"

"要不你过去看看，我的朋友？我不太舒服。"

……铃兰，新鲜的铃兰！

"我去能干啥？能拿他怎么办？

要不给他加点儿钱！"

"胡说个啥。凭啥给他钱？"

……剃刀向右转……

"你就安心地坐会儿吧！猫咪——猫咪——猫咪……"

"哎呀，对了，你还是出去散散心吧！

难不成你认为，

我很乐意遭这份罪……"

新鲜的鸡蛋，鸡蛋！

鸡蛋很新鲜？……

但发出的却是一腔愤怒……

夫妻二人各守一隅，失声痛哭……

这条街尘土飞扬，晒得滚烫！

上帝啊，这松树是多么忧伤！

1909.07.12
皇村

春天浪漫曲

河水还不能肆意奔涌，

但已淹没了蓝色的冰面；

云朵还没有完全消散，

但白雪酒杯将被太阳喝干。

透过虚掩的房门

阵阵沙沙声让你心神不宁……

虽然还没有恋爱，但你坚信：

已经不能不爱上某个人……

秋天浪漫曲

我冷漠地望着你，
却无法抑制内心的忧伤……
天气闷热，令人倦怠，
而太阳仍在云雾中躲藏。

我知道，我依然怀有梦想，
但至少我还相信梦想，而你呢？……
树叶像没有用的祭品
在林荫路上坠落、死亡……

盲目的命运让我们相遇：
天知道，到那边我们能否重逢……
但你可知道？……当你在春天
踩踏枯叶之时，切莫谈笑风生！

1903 年

在宇宙之中

在宇宙之中，在天体的闪烁中
我将一颗星辰的名字反复念诵……
不是因为，我曾对她苦苦爱恋，
而是因为，我和别人一样忍受苦痛。

如果说怀疑令我备受煎熬，
我只在她这里将答案寻找，
不是因为，她能给我带来光明，
而是因为，与她相伴无需光照。

1909.04.03
皇村

幻　影

那是正午湛蓝的火焰，
那是黎明鲜红的火焰，
莫非我厌烦了清晰的线条，
莫非太阳也感到疲倦……

但透过深绿色的林冠
我会等到另一个太阳
等到金锦葵大放异彩
或者金币和一束玫瑰。

目光将如此愉快地
在绿色网格中徜徉，
而后把黑暗槭树上
那彩色的斑点燃亮。

任凭幻影旋转的辉光

在瞬息之后凋殒……

就让我——表达内心的喜悦，

但你们，是否也是诗人？

和　谐

浪的烟雾飞出银色的水珠，

还有被磨损的珐琅瓷的色彩……

我如此眷恋秋天的早晨

因那无法挽回的温柔的抚爱！

我还眷恋岸边的泡沫，

当它不安地泛出白光……

我渴望在此，在暑热之前

珍惜余下的有雾的时光。

而那里有多少人正在火中动荡，

他们和我一样，没有姓名，

甚至有人将会代替我

在苦闷中结束自己年轻的生命……

第二首痛苦的十四行诗

密集而昏沉的连雨天
将白色的秘密隐藏……
手腕上的铃铛
时而沉默，时而鸣响。

偷来的幸福令人惶恐——
冰冷嘴唇上的蜜汁和毒药，
我贪婪地狂饮，周身
被甜蜜激情的寒热笼罩。

这梦境，这灰色的昏暗，
只有你一人能创造，还有
飞落的雪花，闪现的阴影，

玻璃上绣出的片片花纹
以及嘴唇、裘皮和丁香的温暖
交织而成的奇妙的和声。

气体蝴蝶

告诉我，我到底怎么了？
为何我的心跳如此急剧？
是怎样的疯狂如浪潮般
击碎了习惯的万古磐石？

这里面是力量还是痛苦，
激动的我未能即刻品味：
我从存在的闪光诗行中
极力捕捉被遗忘的语汇……

莫非强盗会举着灯
在一堆无聊的字母中寻觅？
我却不能不读这些词句，
但已无力重新提笔……

无法爆发令它难以忍受，

而它只能让黑暗忧心忡忡：
气体蝴蝶就这样彻夜颤抖，
却不能纵身飞向高空……

断续的话语

这不可能，

    这——是杜撰，

日子就这么延续，就这么过完，

    也许，没等过完，就已疲惫不堪？……

    这不可能……

自那时起

喉咙里就长了一块东西……

    满口胡言……

这不可能……

    这——是杜撰……

这么说，你把她送上了火车，

    然后独自返回，是的！

这里有她的环形腰带，

    有一个胸针——是颗星星，

她的提包总是敞着口

    没有拉锁，

还有，她缝的红色小枕头，

多么绵软和轻柔……

　　大厅……

我说了几句甜言蜜语

　　而后开始道别，

站在墙壁前的时钟旁……

嘴唇不敢张开，

　　紧紧贴在一起……

我们两个都心神不定，

我们两个都如此冰冷，

　　我们……

她那带着黑色露指手套的手指

　　也如此冰冷……

"那么，冬天见，

只是并非今年冬天，也非明年冬天

明年冬天过后——也未必……

　　我，亲爱的，

　　真是身不由己……"

　　"我知道，你如进牢狱……"

　　她说完

就靠着墙轻声哭泣

纸一般苍白无力……

如同结束一场邪恶的游戏……

不然能怎样？

嘴唇期待热烈地爱恋，

　　　　而在风中

只能怆然一笑……

有什么在唇上凝滞，

　　　　甚至僵死……

主啊，我竟然不知，

　　　　她如此难看……

哎呀，感谢上帝，有人给我们让座……

　　　　她用湿手帕把脸擦干，

又送给我这枚戒指……

两张冰冷的脸再次贴在一起，

　　　　如同陷入昏迷——

　　　　　　　　而

　　　　火车还未开动——

　　　　　　　　我却溜之大吉……

　　　　但这不可能，

　　　　这——是杜撰……

就这样过完一天或一年，

也许，没等过完，就已疲惫不堪……

　　　　　　这不可能……

1909.06
皇村

Canzone [1]

如果流言突然重现，

我就把蜡烛放到窗前，

来吧……我不会与你分享，

给你全部的幸福，乃我所愿！

你会向悲伤的声音走去，

因为你开朗柔弱，

因为丁香和月亮

曾许诺把你嫁给我。

但是……常有这样的时刻，

心中惶恐，百无聊赖……

我活得艰难——耳聋腰弯……

我想自己待着……都走开！

1　Canzone：意大利语，"歌""歌曲"。

幻　想

灰烬在白色的田野上起舞，
那里的影子轻柔温婉，
醉人的舞姿带动裙裾飞扬，
如阵阵飘漾的云烟。

舞者们遮蔽了我的视野，
灵动的身影交替闪现，
缺少柔美音乐的柔美舞姿
隐藏着千百年的哀怨。

而战栗和敲击在下面
不停地叨念：恐惧不会消散；
难道痛苦将如锁链般喧响，
在那里把轻盈的舞者羁绊？——不能。

是草原令她们如此厌倦，

还是无常的痛苦更动人心魄——
那飞舞的裙裾不时地
将冰冷的铁链轻轻触摸。

孩子们

你们跟我走？我已准备好。

他们犯了错，我们担责任。

给我们——监狱，而给他们——鲜花……

人们啊，把太阳给予我们的孩子们！

童年的生命线更为脆弱，

童年的时光也更为短暂……

对于他们，不要急着责骂，

而要疼爱……这不丢脸。

你们很可怜，假如你们

听不懂孩子含混的语言，

让他们低声说话——这很可耻，

让他们心生畏惧——更加悲惨。

但是无法用忏悔洗掉

孩子们无辜的眼泪，

因为他们心中有一个基督，

周身闪耀光辉的基督。

唉，而那些忍受痛苦的孩童，

那些手臂细如麻秆的孩童……

人们啊！兄弟啊！莫非因此

我们的安宁只能存于痛苦之中……

我的忧伤

赠米·阿·库兹明[1]

任凭草木在汹涌的波涛上枯荣，

遗忘在棺椁中的手会变得蜡黄，

我感觉，在你们中间将永存

我的一种困惑，一种忧伤……

不说这些人了，唉！对他们而言，

我爱得卑怯、嫉妒、谨慎而痴狂……

啊，痛苦中恋人的力量如此沉静，

温柔的女人有多少力量令人慕望。

这里怎么还会存有满腹狐疑——

爱情令人愉悦，它是水晶，是乙醚……

1　米哈伊尔·阿列克谢耶维奇·库兹明（1872—1936）：俄罗斯白银时代阿克梅派的主要诗人。

而我无望的爱情——颤抖着，像累坏的马匹！
赐予它的——是有毒的虚幻的宴席！

它想在干枯凋萎的杜鹃花环中
驻足歌唱……但第一支歌还没唱完，
人们就把它弱小的孩子裹好带走，
折断他们的手臂，弄瞎他们的双眼。

它没有性别，会对每个人展露笑容，
它是个冒牌货，爱好也极其低俗——
只会整日摇晃着空空的摇篮，
而角落里的圣像——是最甜蜜的耶稣……

它是我臆想的——却似幽灵如影随形，
我并不爱它——却让我倍感亲近，
摸不透的而又令人愉快的爱情啊，
就是我的困惑，我的忧伤。

摘自长诗《Mater Dolorosa¹》

我多么喜欢去花园躲避

城市的喧嚣，坐在荒芜的

小径，倾听白桦林的低语……

还可捕捉远方手摇风琴

那如泣如诉的旋律。

颤抖的琴音宛若落霞：

诉说着凋谢的花朵和欺诈。

乌鸦刺破湿热的空气，疾飞而过，

留下几声嘶哑在林中回响，

远处的公鸡喔喔啼叫，

它把太阳护送到西方，

而后一切重归沉寂——

莫名的忧伤在心中盈溢，

你在等待某人，你正飞往某地，

1　Mater Dolorosa：拉丁语，意为"悲痛的母亲"。

梦想的未知之地，你对她深恋不已……

等待她发人幽思的话语

和温柔的抚慰，等待心儿

在傍晚阴影中苦苦寻觅的东西……

心儿不能也不想与那个梦分离……

被忘记的你独自坐着，

林间的夜幕垂在你的头顶上……

啊，五月的夜，令人苦恼的夜，

你是北方的孩子，是北方诗人钟爱的梦乡……

请告诉我，有谁能安然入睡，

有谁不会被滚烫的床铺窒息，

当你把犹如温柔梦幻的

透明的窗帘投入花园

和金色的波浪，在窗帘后面，

城市的呼吸时断时续，进而沉寂——

它也难以入睡，热恋的它

带着对你的幽思和祈祷，用自己

千万扇窗口将你的眼眸凝睇……

1874 年

远方手摇风琴的音乐

献给叶·马·穆辛娜[1]

下雪了，

朦胧，洁白，绵绵无终，

下雪了，

雪花掩埋了路径，

遮盖了坟冢，

下雪了……

白色湿润的繁星！

我多么爱你，

山谷中安静的客人！

寒冷和忘却的安逸

让心中无比甜蜜……

1　叶卡捷琳娜·马克西莫夫娜·穆辛娜：俄语、拉丁语和希腊语教师阿尔卡基·安德烈耶维奇·穆辛的妻子，夫妻二人都是安年斯基的挚友。

啊，白色的繁星……

风啊，刺骨的折磨人的风，

你为何要吹落

白色梦想的亮片，

让它脱离忧郁而沉重的思想，

如同坟冢一样？……

为何要把它带到空寂的荒原？

纵然我入睡了，

那也不是长眠，

纵然我入睡了，

也只为以后醒来，

是在蔚蓝的天空下……

是在崭新的、幸福的、热爱的天空下……

1900.11.26

Notturno [1]

赠我的朋友谢·康·布里奇 [2]

请选择幽暗的夜晚，空寂而荒芜的原野上的夜晚，

堕入灰色的昏暗……任凭微风吹拂、停息，

任凭寒空上的繁星闪烁、入眠……

请告诉心儿，让它不必在意命运的打击……

请放慢脚步，凝神谛听！你不是一个人……

就像鸟儿淋湿的翅膀，虽沉重，却仍在雾中飞翔。

你听……一只凶猛的威风凛凛的鸟在飞翔，

人们称它为时光，而你的力量就在它的翅膀上，

转瞬即逝的快乐梦境，裂成碎片的金色希望……

1890.02.26

1　Notturno：意大利语，意为"夜色"。
2　谢尔盖·康斯坦丁诺维奇·布里奇（1859—1921）：俄罗斯语言学家、作曲家和音乐理
　论家。

为何人们改变梦想时……

为何人们改变梦想时，
言语会如此充满诱惑？
为何在被遗忘的坟墓上
小草更加青葱和喧闹？

既然我的花园昏暗沉寂，
为何夜空明月高悬？……
她盘起的发辫已然松散，
我却听到它们的呼吸……这又为哪般？

1902 年

在北方的海岸上

远方苍茫。这就是它——离别的日子，
我呼唤它，而心中却更加伤忧……
在这里我看到了什么，除了痛苦和邪恶，
但我原谅了寂静阴影中的所有。

原谅了天空寒冷散发的一切，
原谅了疾病般清澈的蔚蓝，
还有那棵灰暗枯萎的柳树——
它将难以弥补的痛苦施与同伴。

我悲伤，不是因为我们的花园
贫瘠萧索，枝枯叶残，
不是因为这里的夜晚令人疲倦，
花草无香，气息奄奄，

而是因为大海惊涛轰鸣，

因为天空湛蓝的深邃，

还有我那迟暮的思维

无力领受它们夺人心魄的美……

1904 年

黑　海

再见吧，大海……该上路了。
你不再是那样：
珍珠般的早晨越来越短，
而忧郁的黑夜越来越长，

云雾越来越难以消散，
浪头越来越洁白凶猛，
但斑斓的幻觉不会走远，
只是更加奇妙和空灵。

旋风徒劳地在你上空聚拢
像怒不可遏的怪兽妖龙，
对它的淫威你无动于衷，
你是那么深幽和厚重。

无论那里是忧伤还是爱情，

风暴从不用沉默来回应，
还有你那脱缰的巨浪
从辽阔的海岸向我们奔涌。

你裹挟泡沫扑来，莫非
只为闪烁刀刃般的寒光——
不！你不是暴乱的象征，
你——是死亡的盛宴琼浆。

1904 年

太阳的十四行诗

听着沉重暴风雪的哀怨
我思忖——夜无边无际：
我们的橡树和幼小的杨树
经受不住这样的狂戾。

但太阳从水面上喷出
一束火焰和红光，
大海那古老面孔的皱纹
瞬间变得清晰明亮……

就让风如在夜间一样巡行，
它就这样撕扯和哀鸣——
它已不是暴怒的神灵。

黑夜的噩梦尚远在天际，

而尘土这头猛兽在酷热中——
就像顽童——仅此而已。

1904 年

兄弟们的坟墓 [1]

浪头沉重，铅一般灰暗，

白色的石块阴沉着脸，

被天空遗忘的火焰

在为大地锻造锁链。

乌云悬垂在半空，

变得模糊——虚弱，

就像一把柏木刷子

挂在灰白色墓地的上空。

空气柔和，但软弱无力，

云杉，长满苔藓的岩石⋯⋯

1　这里是指 1854—1855 年克里木战争期间，在塞瓦斯托波尔战役中丧生的俄国士兵和水
　　手的万人冢。

这——就是兄弟们的坟墓，

从来就没有被忘记。

　　　　　　　　　　　1904 年
　　　　　　　　　　塞瓦斯托波尔

86

又在途中

今夜高空的月亮
又被云雾遮盖……
瞧啊，多么奇怪，
就像它的铜盾牌。

我的心不由得
一阵悲哀……
唉，真想把门
向月亮牢房敞开！

飘向那个牢房的
不是乌云——而是小岛，
它的四周皆有
金色的花边缠绕。

只有孤烟不太开心，

它已厌倦四处奔走：
此刻正兴奋地盯着行人，
把几个落伍者等候，

那里的影子如梦似幻
在空旷的林中游曳……
是夜晚令人不安
还是我——浑然不觉……

途中的休息愈发短暂，
道路崎岖难行……
而冬夜的烟雾
让一切模糊不清……

在女巫的外衣上
影子正忧郁地逡巡，
而恐惧越积越多，
像热天里的滚滚乌云。

马车一路跑得更加歪斜……
那边是啥东西看不清？
"嘿，大叔，快一点！"
"那是一个人在走动……

没戴帽子，光脚丫，
小脸长得像拳头，
好像就是那小子……”
“这孩子——有点傻?”

“没错，老爷，他是傻。
整天四处乱窜，
从来都是这么
天不怕地不怕。

身强体壮到处走。
天寒地冻也无所谓……”
而此时我的心
却因幻想而羞愧。

因隐藏的月亮
而产生的恐惧而羞愧，
如同扯下布幔似的
女巫的外衣……

疲倦不知所终，
还有羞怯和忧郁……
这是否是对

傻孩子命运的怜惜——

谁知道呢？月亮
已高高升起——多好啊，
此时我的心
不再感到孤寂……

1906.03.30
于开往沃洛格达的火车上

云杉啊， 我的云杉

这就是它——山谷，

幽僻荒凉——

云杉啊，我的云杉！

你长久地生长……

你长久地伸向

自己的小窗，

只为更靠近阳光。

云杉啊，我的云杉，

一个古老的物种，

假如你照过

明亮的镜子，

假如你照过，

就会知道自己的模样！

看到你如此沮丧，

我无比忧伤……

你已背驼腰弯，

你的衣衫破烂。

你要把折断的树枝

伸向何方：

你不会比年轻的邻居

变得更漂亮。

衰老不是绒毛，

云杉啊，我的云杉……

可怜的……女友！

尽管给予它们，那些年轻的枝叶，

南方的太阳……

而给予我和你，云杉啊，

是积雪下的昏厥。

我们找不到比昏厥

更好的命运，

墓穴变成了红色，

墓穴变成了白色，

这与我们何干？

我们会活着，

活在人们的羡慕中，

且无需婚礼。

只是——不要希望，

只是——不要铭记，

只是——不要思想。

1906.03.30
于开往沃洛格达的列车上

一线之光

既无炎热喧闹，也无水声潺潺，
但林间清新而幽暗，
整个早晨它都在躲避
流动的五月的光线。

烟雾升腾，似乎在向我述说，
而我却不知，它为何如此忧伤，
是白昼在检试自己的力量，
抑或这就是静默的夕阳，

未实现的遥远梦想的印迹
透过弥漫的烟雾在何处闪亮？……
多么奇怪啊……一线之光……
竟比烟雾中连绵的山冈更忧伤。

1906.05.17 傍晚
于开往沃洛格达的列车上

Le silence estl'ame des choses [1]

Rollinat

生活的重负于我愉快又轻松，

但我却身不由己令你担忧；

我痛苦，不为坐在石头上沉思的上帝，

只为被上帝发现的那块石头。

我怜惜被遗忘在书中的

紫罗兰徒然的干枯，

我怜惜弥漫在玻璃之上

又被泪水冲散的薄雾。

不是疯狂者的痛苦 [2]，而是柳树

唤起了心中的悲楚，

1　Le silence estl'ame des choses：法语，意为"沉默是事物的灵魂"，这是法国诗人莫里斯·罗利纳（Rollinat）诗中的一句话。

2　疯狂者的痛苦：此处暗指莎士比亚的悲剧《哈姆雷特》中奥菲利亚的死。

因为它坚忍地摇晃

这痛苦……而体无完肤。

1906.11.26 晚

时钟竖琴

时钟还没有做完功课，
钟摆似乎已进入梦境，
于是我剥开了它的外衣——
把竖琴状的钟摆晃动。

竖琴被粗暴地剥夺了
那渴望已久的安闲，
此刻它又在自己的牢笼里
颤抖、摇晃，步履蹒跚。

但现在它行走稳健，
已找回了先前的韵律。

心儿啊！当你慢慢冷却，
才会感受到死亡的恐惧，

能否有一只手可以轻轻地

将你心中的竖琴拨动，

而我的心能否把你带回

你向往的那个世界中？……

1907.01.07
皇村

Ego

我是病态一代的弱子
无力去寻找阿尔卑斯的玫瑰，
不论浪涛的低语，还是早春的惊雷
都不能带给我愉快的激动。

但我喜欢玫瑰色玻璃上
那钻石状哭泣的群山，
喜欢桌上凋谢的玫瑰花束
和晚霞绘出的火焰图案。

当大脑进入沉沉的睡梦，
当我读着梦想的虚构故事，
我在朦胧的梦中颤抖地亲吻
焚书中那些被遗忘的词语。

当他缠着你聊些乏味的话题……

当他缠着你聊些乏味的话题

或告别时把你的手紧紧握住，

他的目光不时从你的脸上掠过，

你能否读懂其中的爱慕和痛苦？

莫非感伤小说里的模糊线条

从未把少女的梦想触及？……

莫非你早已知晓这个秘密

还不止一次地暗自留意……

而他却笑你像一只胆小的老兔子，

也许更糟……真可怜——屠格涅夫笔下的马来人[1]，

为了当差，他的舌头被人割掉。

1　屠格涅夫笔下的马来人：是屠格涅夫中篇小说《爱的凯歌》中的一个奴仆。

再咏百合

当我在黑色的翅膀下
垂下疲惫的头颅
死神就会无声地熄灭
我金色长明灯的光柱……

倘若对新生活报以微笑，
来自尘世生活的
心灵，就会挣脱桎梏，
带走存在的原子——

那时我不再拥有回忆，
还有人世间爱情的欢畅，
没有妻子的明眸，奶娘的童话
和金色诗章的梦想，

那时我就会忘记骚动的

理想之花闪烁的短促华光，
我定要为那更好的世界
带来白雪般百合的
芬芳和温柔的形象。

主的力量与我们同在……

"主的力量与我们同在，

梦魇将我折磨，无止无休……

它比钻心的疼痛更糟糕，

它比漫长的白夜更难熬，

它刺得肌肤鲜血淋漓，

把我的骨头碾成粉齑，

让双目失去了往日的生气……"

"告诉我，你看到了什么？

在寒冷的冬季夜晚？

让我为你医治心脏，

或许我能减轻你的痛苦，

给你的病体寻一个良方。"

"主的力量与我们同在，

梦魇将我折磨，无止无休……

心儿在夜里听到了它的脚步

有时还把它的名字轻呼，

但在此我却不想重复……"

忧伤的国度

我们婚礼的象征

是青铜铸就的忧伤，

我们的喜剧结局

注定要以悲剧收场……

我们欢喜的高邻们

穿的毛茸茸的裘衣

昭示着人间地狱……

只是……毛茸茸的熊罴

因吞食发抖的猎物

而染红的血唇

早已不足为奇。

病榻抒怀

赠我的 garde-malade [1]

绿色泛金的光线

澄澈如洗的碧空——

清晨已至，草木芬芳，

我的花园——从枕边望去——如森林般葱茏。

这幽香……这欢腾，

这喧闹，这闪光，这美景——

一场绿色的舞会——遐想

萌生了渴望……

而我却不知，此时

在那里，在窗外，又是盛筵酣畅。

瞧，太阳在慰问病人之时，

也把整个世界犒赏。

1　garde-malade：法语，意为"护士"。

窗口一瞥

就像纸牌被接连吃掉，
她即将香消玉殒。
虽被淡黄色丝绸覆盖，
人们却依然称她为美人……

这个身着华丽法衣的幽灵
在太阳下永远年轻
眺望蓝色的黏土山丘，
如同凝滞的烟雾般迷蒙……

冬日一梦

这是最新出版的报纸，
上面有一则黑框启事：
毫无疑问，我已辞世，
唉！这并非剧中故事。

亲朋的步履过于小心，
仿佛我依旧重病不起，
我被从床上移到桌上，
是否因此而称心如意？

不分昼夜前来祭奠，有大卫兄弟，
还有穿浣熊皮衣的神甫，
追悼会上响起悲痛的哭嚎
来者都肩披绦带身穿毛呢衣服。

他们在我的脸上涂抹圣油

如同给苹果树涂上煤烟，
在紧张肃穆的沉默中
只有助祭摇炉散香之声。

如果留下的什么物件
还与我有某种关联，
这种恐惧，这种遗憾
请您一定用罩布裹严。

请把我的白色手稿埋葬在
黎明前的白色土地里……

而眼下……至少把那几个男低音
从我的办公室请出去。

幽梦无痕

蜡烛颤抖着燃烧殆尽，

把我带入幽远的梦境……

在空旷的石头城堡

我看见两道光束，

两道相爱的能照见天空的

柔和的蓝色光束

在空旷的石头城堡。

悠悠醒来。夜色如墨。

刚才是表白，还是梦呓？

是生活的绳索，梦幻的魔力，

还是疯狂渴望的

波浪涌入了

回忆的静谧之地？

没有回答。夜，闷热而沉寂。

我无法明白， 我不知道……

我无法明白，我不知道……
这是梦幻，还是魏尔伦？……
我在恋爱，还是死亡？
这是魔法，还是囚禁？

这世间从打碎的酒杯中
流淌到各处的
抑或是理想的痛苦，
抑或是痛苦的美。

不要让梦想去猜测，
面对着理想之光，
她是否是那梦中之人，
不要让梦想去猜测，
这是梦幻，还是魏尔伦？
这是魔法，还是囚禁？

但囚禁的玫瑰已在
沉默的嘴唇上死亡，
伴随着魏尔伦的音乐
我的梦想将放声歌唱。

我的诗

被青涩果实拥抱的田地；
寒冷的昏暗静无声息……
不是现在……是很久以前
这诗句曾如同字谜……

无法破解，只能感受，
甚至可能还不止一次，
它想驱散，却又无力
驱散眼中的困意。

我不知道，它是谁，属于谁，
我只知道，它不属于我——
夜里它若向我吹拂，
白天太阳就会带它回去。

任它戏弄吧——我不痛苦：

我已和它分离，我已神志模糊……
这样的折磨我经受得太多，
大概这一切——非我莫属……

你瞧——它沉入了
银色光线交汇而成的
乳白色的雾海烟波，渐渐消融……
不要悲伤：它——不属于任何人。

当我年纪轻轻的时候……

当我年纪轻轻的时候，
我就发育成熟，头发稀疏，
我一心要为他人而活，
而我自己竟忘记了生活。

我渴望爱，却没有去爱，
我渴望痛苦，却超然物外，
青春啊，我已将你燃烧殆尽，
在愁苦悲凉的烈焰火海。

心儿啊，你瑟瑟发抖，
如同深秋时节的枯叶……
抑或如同黑黝黝的冻土，
在白色积雪下坚硬似铁。

而天空已为它备好了雪花，

透亮的毛茸茸的雪花……

在十字架林立的白色田野——

我能否找到自己的十字架?……

约会前的忧伤

啊，惨淡夕阳的昏黄，
充满烦恼的沉寂生活，
无香花朵的露珠，
无眠夜晚的闷热。

在约会之前，我们这里
还有什么没被你傲慢地拿走，
热切的等待将我们折磨，
我不会蔑视怎样的幸福？

背叛艺术、责任和自己，
我都可以满不在乎，
明天啊，怯懦的我，
不会为你做出怎样的让步？

可为什么所有这些痛苦

都伴随着缓慢时光的诅咒？……
抑或隐藏在没有分离的相会瞬间，
抑或隐藏在毫无做作的语气中？

蓝色的忧伤

每一天轻盈的天空
都变得更美更暖
它被太阳喝干的酒杯罩住：
时而蔚蓝，时而宝石蓝。

温柔的蓝色宛如火焰，
太阳宫殿因而沾沾自喜，
但散碎的棉絮甚是嫉妒，
化作云朵将蓝宝石偎依。

太阳——请带走闷热的云朵，
华美的石头变得越发平庸——
我渴望高朗的天穹，
但要凉爽如水，洁净如晶。

或许这要好过灰蓝色的乌云——

如波浪般快速起伏的

忧郁的、如黑色法衣的乌云，

充满了沉甸甸的泪水，如同心灵。

渴望活着

十四行诗

是清朗的铃铛，还是凄婉的哀怨，
是朦胧的烟云，还是幽远的梦境……
台阶上又铺满绵密的雪花，
围墙上留下一道月的光影。

是谁在板棚里舞弄干草，
是谁在嬉戏草垛灰色的尖顶。
所有沉默安静的影子，
都献予墓地上空的一轮冰镜。

顺着铜哨颤抖的啸音，
我看见一株灌木离开树林，
无声地守护我前行。

随后树林发出痛苦的呻吟，

于是所有的渴望都化为泡影：

"只想活着，活得长久，活得永恒……"

雾　云

天上看不见太阳。
苍茫的云雾在那里缱绻，
但在云雾的边缘
胜利的光芒辉煌灿烂。

而我已丧失希冀，
空洞的眼神淹没在
颤动的闪光里——
因饱受指责而泪水盈溢。

这苍白的怡然，
这怯弱的魔力，
皆因胜利的光芒而胆寒——
那是鲜血，是火焰。

花园的忧伤

叶子冻得瑟瑟发抖，
花园就这样忧郁地喧嚣。
"如果我能像你一样
自由地爱恋，那该多好。"

光线穿过花园的树林……
"太阳啊，我爱你吗？
假如我爱你，
我就不会如此忧郁。"

在希望火焰的绿血中
我是否被暗淡地点燃，
只有思想和梦幻
比爱情更让心儿喜欢。

诗

十四行诗

创造的精神和生活的偶然
在你这里痛苦地交融，
而在美的纷繁暗示中
没有什么比这更精巧和灵动……

在世界疏松而灼热的沙漠——
世界如同幻景，而你钟情于
模糊不清的音响的差异
和惊慌失措的花朵。

你行迹无踪，变化莫测，
你被奉为神明，却透过苍白的光亮，
将我们痛苦地折磨，

如此萦绕不去，奇幻多变，

以至我一旦爱上了你，

就势必要把你疯狂地爱恋。

瞬　间

想说的话有无数，
如果心儿都能听到，
但光线无法穿透
扇子上密集的羽毛——

枝叶的影子像一张网
在沙滩上攘攘熙熙……
尽收眼底——只是没发现
有一个人跪倒在地。

听……头顶上
有鸟儿从林中直飞云天：
瞬间远去了——依然活着，
却已不再光芒璀璨。

遗　愿

赠瓦拉·赫马拉-巴尔谢夫斯基[1]

无论你站在船的何处，

桅杆下还是船舵旁，

永远要效忠自己的土地：

它把你养育，伴你成长。

我们的道路曲折艰难——

在海浪或沟壑中颠簸——

你要坚韧，要勇敢，

切不可自我吹嘘，轻蔑弱者。

如果应战了，就不能退却，

为了事业——要不惜付出——

如果想歌唱——就要像鸟一样

唱得自由、嘹亮、无拘无束。

1　瓦拉·赫马拉-巴尔谢夫斯基：安年斯基与前妻的儿子普拉东·彼得洛维奇之子。

在这芬芳的土地……

在这芬芳的土地，在这晴朗的日子，
歌声令人惬意：撩人心扉，曲尽其妙；
而我却唱不出拍岸之浪对我的呢喃，
唱不出周围的花团锦簇和眉欢眼笑。

我不触碰春天——我怜惜花草，
我会为螟蛾保存它们的轻尘，
为航船珍藏它们远行的羽翼
以及海浪在岸上宁静的一瞬。

而因为面对耀眼的辉光
我尤爱离别之际
我们北方白昼的半明半暗，
尤爱歌声和痛苦的未尽之意……

1904 年

328

在画布上

揉皱的手帕停顿在眼角和唇边，
遗孀和几个孤儿被黑暗淹埋。
一个年迈的母亲坐在明亮的炉火旁：
她已冻僵，想必刚从墓地回来。

灰色和红色的光泽透过薄薄的纸罩
在她脸上混合出朦胧的色彩，
关节强直的双手吃力地
伸向炉壁，接受温暖的抚爱。

两天前在无尽的痛苦中
儿子在这里停止了呼吸，
但母亲没有哭泣——没有，而是紧握拳头，
她知道——不管怎样，都要活下去。

题陀思妥耶夫斯基肖像

良心把他变成了先知和诗人，

在他身上活着卡拉马佐夫兄弟和群魔——

那曾经灼烧他的痛苦的火焰，

而今化作温柔之光为我们闪烁。

五月的雷雨

适逢正午的慵倦
绿松石上缀满了棉朵……
雷雨啊，我喜欢透过
最初的征兆把你揣摩……

多尘的路上爆竹柳弯曲错落，
急迫的马蹄声愈发响亮清彻，
间或——在黑暗的云层中
迸射出一簇簇明亮的炉火。

瞧，这旋风，这昏暗，
这闷热，这灰蓝色的氤氲……
刹那间——暴雨如注，
一转眼——热浪灼人。

从带篷马车的一角

我看见迷蒙的雨幕中
全是闪亮的斗篷
和头上黑色的礼帽。

但此时云层似乎高了些，
炽热的光束从云间喷泄，
而金色的雨珠像小球一样
在屋顶上轻灵地跳跃。

雨珠已经消失……在蔚蓝的火焰中
黑色的油布被抛到背后，
因对五月风暴的回想
而升起了一层薄雾。

每当暴风雨过后
万物都是那样鲜活和清朗……
但破碎的翅膀却不会被雷雨
带向蔚蓝色的远方。

喜欢过去

给儿子

你喜欢过去，我也喜欢，
但我们喜欢的方式却迥异，
上帝为时钟设置了开始和终止，
给花朵灿烂的瞬间，给花茎寂寞的四季。

你不要赋予回忆以理想的瑰丽——
要让它经风沐雨，容许它中途逃脱，
但愿它用痛苦的意识将我们燃烧
从而获得未来道路上攀爬的快乐。

不要心急，暂且待在五月的欺骗里，
尽管心驰神往，但陡坡不能引诱
战颤的双腿走到过去的凳子前歇息——
我们上锈的磁铁无法吸附青春的回忆……

何谓幸福？

何谓幸福？是陶醉于狂言妄语？

还是路途上的那一刻，

当无声的"离别了"

与渴盼重逢的亲吻热切融合？

抑或幸福在缠绵的秋雨中？

在白昼的回归中？在安详的睡梦里？

还是在因其粗俗的外衣

而被我们蔑视的财富里？

你说……瞧，幸福正扇动着

贴近花朵的一双翅膀，

但瞬间——它就会一飞冲天，

去而不返，腾焰飞芒。

但心灵，或许

更钟情意识的孤傲，

更钟情痛苦，如果这里

隐含了回忆的精致毒药。

不， 我不怜惜花朵……

不，我不怜惜花朵，若它被人采摘，
只愿它在我闪光的高脚杯中凋败。

什么可以变成荒寂的黑土地，
养育了花朵、蠕动着红蚯蚓的黑土地？

难道我温柔眼眸中的梦幻
竟配不上这血红色的斑点，

在蓝色沙漠上燃烧的斑点，
只为人人都感觉自己是一个斑点？

唉，那编织了花朵的忧伤
和高脚杯的光芒的梦想，

必将垂向花茎，随着花朵一起死亡，

我已忘记它——我爱上了另一个梦想……

我为那个人把新的痛苦储藏，
如果不是所有的梦想只是寂寞的候望。

石上丁香

青灰色的乌云升腾翻卷。
我的道路遥远而凄迷。
从灰色墓地边缘延展的远方
却如此茫然和空寂。

刻在石板上的十字架
长满青苔，像一个影子，
像复活的拉撒路，
枯萎的丁香穿透了顽石。

叶子枯黄，已被灼伤……
那是天空的压迫，还是顽石的压迫——
但据说，在四月里
墓地上的丁香不会开放。

这是为何？冰冷石板上的花朵

竟如此纤柔，如此摇晃，
微笑的幽光是否像影子一样
落在疲惫的面庞上。

而在苍白的黑暗神的守护者中
有多少痛苦变得冷酷麻木……
露珠，那是施与他们的病痛，
而他们的死亡——铸就湛蓝的天空。

傍晚即将来临。
我面前的路却有千千万，
但我简直无力跨过
那道施了魔咒的门槛。

是否要放弃生活果断地逃离，
被穿透的石板是否让我怜惜——
树叶在残败的灌木上颤抖，
旧石板上的十字架更显阴郁。

彼得堡

彼得堡冬季的黄色蒸汽，
沾在石板上的黄色雪粒……
我不知道，你们在哪里，我们在哪里，
我只知道，我们被紧紧地融成一体。

是沙皇的命令臆造了我们?
还是瑞典人忘记把我们淹死?
我们的过去没有童话，
只有石头和可怕的往事。

巫师赐予我们的只有石头，
还有黄褐色的涅瓦河，
以及空旷沉寂的广场，
那是黎明前行刑的处所。

而在我们土地上发生的一切，

我们的双头鹰因此而翱翔的一切，
还有岩石上头戴深色桂冠的巨人——
明天必将成为孩子们的消遣。

尽管他无比威猛和勇敢，
但狂奔的战马已把他出卖，
沙皇不能将巨蛇一举毙命，
被压制的蛇却备受我们崇拜。

既无克里姆林宫，也无圣物和奇迹，
既无海市蜃楼，也无眼泪和欢愉……
有的只是冰冷荒原中的顽石
和对可恶错误的认识。

即便在五月，当白夜的影子
在水波之上飘忽游荡，
那不是春天梦想的魔法，
而是无果愿望的毒浆。

Decrescendo [1]

在云和云的疯狂争吵中

　　风暴诞生——

在下面苍茫的大海上

　　巨浪翻腾。

它充满激情，它愤怒地奔涌，

　　威吓海岸。

随之而来的是天崩地裂的

　　咆哮和呐喊。

时而，像一把铁钩，沉入深渊

　　挖掘残遗，

时而，像强壮的公牛，甩动尾巴

　　扑向乌云……

1　Decrescendo：意大利语，意为"渐弱"，是音乐术语，表示声音逐渐减弱。

近了……更近了，浪头却突然下沉，

　　失了气力，

它将温顺的脊背向空中的大船

　　倾斜过去……

瞧，浪花轻拍海岸，泡沫回旋，

　　怒火消了……

沙滩那么绵软，晒暖的沙粒那么光滑：

　　斟茶——躺下！

篱笆外

篱笆埋得很深，

院门闪烁着幽暗的黄光……

"月亮！月亮！你不要

公然把黑色的影子测量！"

就算被掩埋——也不能被遗忘……

不论以前还是现在。

月光就这样照在院门上。

莫非撒的毒药还不够多？……

只有这里的黎明鲜红如血

还是酷热异常暴虐，

而在月光的笼罩下

小草是因露水而疲敝……

还是在白色的墙壁外

在深夜时分感到恐惧？……

影子跳进来，躺倒草地上，

它要引发新的恐惧……

月亮与影子步调一致——

它在草丛里磨着刀子。

月亮看见影子，便对它说：

"你可以跑……但无法逃脱……"

草丛中传来一阵哆嗦。

假如你不再哭泣……

假如你不再哭泣，就把泪水拭去：
路灯亮起来了，一盏盏地绽放，
　　烟雾在灯光下变得更加快活
　　林荫路上的足印也被染成金黄……
只有斑驳的树影越发绝望，
只有夜空黝黑，高悬在树枝之上……

假如你能不哭泣，就把泪水拭去：
路灯在远处的黑暗中闪闪发亮。
　　一缕柔和的朦胧的白色辉光
　　化作微笑，映照你的脸庞……
只是辉光后的一串影子越发幽暗，
只是心儿离开了思想便无处安放。

天上的星辰能否黯淡……

天上的星辰能否黯淡，

人间的痛苦能否持续——

我从不祈祷，

我不会祈祷。

时光会熄灭星辰，

我们会战胜痛苦……

假如我去往教堂，

我会和法利赛人[1]在一起。

和他们一同跌倒，我毫无怨言，

和他们一同站起，我大喜过望……

只是我心中的收税人

为何如此慌乱和忧伤？……

1　法利赛人：是一个犹太人宗派，其中一些人反对耶稣基督的福音信息。

竖琴的旋律

你的眼睛和我的眼睛默默地
分享我的忧伤爱情的梦想……
洁白纤柔的爱情啊，你不能夭亡！
你是一朵雏菊，我不敢把你摘取。

但我愿你依然独来独往，
只为你的影子不与另一个融汇，
只为在静默的黑夜唯有
清冷的月亮将你欣赏和赞美……

假如不是死亡， 而是昏厥……

假如不是死亡，而是昏厥，

只求把一切动作和声音清除……

因为若能倾听生活的诉说，

那我全部的生活——不是生活，而是痛苦。

莫非我没有与你一同消失，岁月？

没有与槭树的叶子一同枯萎？

莫非我的火焰不会在熔化的

水晶的泪珠中湮灭光辉？

莫非我不是身处荒寂的崖边

和白桦树黑暗的贫困中？

不是瑟缩在清晨的寒冷

凝结的玫瑰的白色绒毛里？

不是隐藏在垂挂的雨幕里，

为求像珍珠一样坠入凡尘?……

请告诉我，在幽思的痛苦中

能否找到一颗同情的心?

手风琴的叹息

果园。篝火在早秋雾霭蒙蒙的夜色中渐渐熄灭。干枯的苹果树。一个流浪汉坐在木墩上按动一台老手风琴的琴键。窝棚里的干草地上散落着几个苹果。

在苹果树下，在樱桃树下
火光彻夜通明——
以往你会把酒喝干，
而这次绝对不行。

在茂盛的苹果树下
我与你辞行——
我们要同日本国
打一场战争。

自那时我漂泊了七年，
戴着"风暴战"的帽子——

而你们依然是孔雀，
把尾巴高高翘起……

你说，等我退休后，
要在旅顺口做个堂倌，
不然就可以和你
一起去行宫游玩……

为何把蓝色的花
和杂草一起割刈？
而你到处寻欢作乐
不惜名声扫地？

哦，苹果树，哦，梨树，
哦，香甜的巴旦果——
我们的心灵已经丢失，
却发给我们奖章以资鼓励！

在苹果树上，在樱桃树上
毛毛虫数不清……
你比乞丐还悲惨
很快就要毙命。

毛毛虫和树叶一起
将白色啃食干净……

我们已灰心丧气，
日本人依旧铺天盖地。

哦，河滩上的黄泥沙，
我们再不会在此洗浴……
就是说我们即将出院……
拖着受过伤的躯体……

在苹果树下，在樱桃树下
像狼一样坐着哀鸣……
把酒喝干真是开心，
口袋里却空无一文。

无终亦无始

摇篮曲

　　农舍。蟑螂。夜晚。煤油灯冒着烟。一个农妇在摇篮旁昏昏欲睡。

睡吧——睡吧——睡觉觉，
睡吧，我的小宝宝！

我们喜欢布尔科特，
布尔科基科，一只大灰猫……

昨晚她去了河边，
喊它回家睡觉。

"走吧，瓦西卡，回家睡觉，
和我一起把摇篮摇！"

每次我出门走去大门口，
就会看见这只大灰猫……

睡吧，睡吧，睡觉觉，
我可爱的小宝宝……

我要给那个小伙伴
把一杯牛奶倒满……

灰猫舔着自己的毛，
舔啊舔啊，不想把摇篮摇。

它直接拒绝了：
（你要睡觉吗，小淘气包？）

"我可哄不了：
我嘴上有胡子。

你得让屋里的
蟑螂都死掉。

那些蟑螂太可恶。
把墙角都啃坏了。

它们啃完了墙角
就会啃我的胡子。"

睡吧，睡吧，
快点睡觉觉。

听完这些话
我抄起扁担去打猫……

用扁担往它嘴上戳：
"不要在这瞎胡说。

牛奶你都想不喝，
你咋就这么能作?"

（生气）
你还打算闹多久?
我这就去叫只大黑猫……

黑猫会从炉子上跳下来——
看它怎么收拾你……

把孩子从摇篮里抱出来摇晃。

（小点声）

你，小猫咪，不要嘴馋，
快到白色的胸脯旁边。
（再小点声）

你自己来可不行，
还要带上香甜的睡梦……
（农妇舒服地打了个哈欠）

而我把宝宝裹裹好，
把灰猫拴在门柱上。

她试着把宝宝放进摇篮。宝宝顿时又哭又闹。
（恼火）

真想打死你这淘气包，
哎，你还愣着做个啥？

农妇困得睁不开眼睛。

睡吧——睡吧——睡觉觉……
睡吧——睡吧——睡觉觉……

三个词

宾客是否能**出席**酒宴，
还是要等待我背负
沉重的十字架命赴黄泉，
横尸在宅院或者街边……

在寂静的深夜我是否**燃尽**，
还是像温顺挺拔的蜡烛，
急促而热切地摇曳……
或者像一颗小小的雨珠——

而我只想**消失**，如同石子
在雾霭中跳进水里，
只想让自己痛苦地坠落，
去水下将其他石子寻觅。

冬天浪漫曲

惶恐不安的水银凝固了，
夜里的风让人着实难忍……
但如果你听见了，就请忘记
松树被摧折时的呻吟！

望着黑暗的玻璃，
独自坐在忧郁的烛光里，
不要回忆已逝的过去；
如果可以，决不回忆！

须知冬天不会认输：尚且坚挺！
认命吧，还能怎样……该放手了！
莫非当年在我们头顶上
摆动的不是那个竖琴时钟？……

不眠之夜

太可怕了！一切都像那篇小说……
是谁，哪个坏蛋，将它杜撰？
在那里人们又一次没让良心
出现在明亮大厅的镜子前……

在那里人们又一次对瘟疫微笑
哈哈大笑，为恶毒大唱颂歌……
难道不是他们把耶稣钉在十字架上，
还是不得已才会这么做……

在那里人们又一次回避了
棘手的问题，对此闭口不谈。
那里的一切——是恶犬的凶狠
是官吏的横眉冷眼。

而我却尊重谎言和阿谀。

钟敲五下——该回家了；

但我的家狭窄逼仄，空徒四壁……

好了，再见吧，再见！

静静地待上片刻竟如此惬意；

当他将最后一滴酒醋[1]喝干……

时钟这只贪婪的蝉，

为何用你的奔跑将我催赶？

我心中了然——你又是句句在理，

句句在理，像求偶的鸟叫个没完……

但我也没错——让我去睡吧，

在梦中我也不会信口胡言。

---

1 酒醋：据传说，耶稣被钉在十字架上之后，有人把沾有酒醋的海绵绑在长矛尖上，用其涂抹耶稣干裂的嘴唇。

幻影的忧伤

最后一抹色彩悄然隐没，
就像夜祷中的喃喃诉说……
疯狂的童话，你想
从这颗心中得到什么？

是否我的没有定数的终点
在雪地上并不那么沉重？
是否空旷的远方于我并非灰色？
铃铛不会发出单调的响声？

而我的心啊，
为何会裂成两半？
我知道——她遥不可及，
却又感觉就在咫尺之间。

瞧，雪花漫天飞舞，

我目不转睛将它凝望：
想必我们即将彼此错过
在洁白而荒寂的雪原上。

此时有人把我们的雪橇挂在一起
但随即又默默地将其分离。
虽是片刻，但令人陶醉的
铃铛声却彼此融为一体。

声音融为一体……但我们
再也找不到彼此，在昏暗的夜晚……
在无休无止的痛苦的循环中
在厌恶的道路上我步履艰难……

最后一抹色彩悄然隐没，
就像夜祷中的喃喃诉说……
疯狂的童话，你想
从这颗心中得到什么？

利·伊·米库里奇[1]

在那里有肖像上冷峻的面孔，

在那里灰色的薄雾轻盈朦胧，

还有神奇的传说荡气回肠

在那里吹拂着木犀草的清香。

在那里有一位提着泰采村清泉的仙女[2]，

罐子里的泉水丝毫没有泼洒，

在那里费丽察[3]化身为美丽的天鹅，

青铜的普希金正值七瑾年华。

在那里水面泛起粼粼波光，

1　利·伊·米库里奇：俄国女作家（本名维谢利茨卡娅·利基娅·伊万诺娃，1857—
　　1936），曾长期居住在皇村。

2　提着泰采村清泉的仙女：指 1816 年在皇村叶卡捷琳娜花园中喷泉处建的一个名为《少
　　女和水罐》（也叫《卖牛奶的姑娘》）的青铜塑像，雕塑的故事取材于 17 世纪法国诗人
　　拉封丹的寓言《卖牛奶的姑娘》。这座喷泉已成了皇村的独特象征。泰采村清泉：指从
　　泰采村敷设管道引入皇村的泉水。

3　俄国古典主义诗人杰尔查文曾写过一首名为《费丽察》的颂诗，颂扬沙皇叶卡捷琳娜
　　二世。天鹅是当地守护神的象征。

白桦树是高傲的君王，

在那里有整片的玫瑰园，

溪水带走了落英的芬芳。

在那里将永逝的一切珍存，

只求为丁香浮动梦幻的氤氲。

倾诉吧：我们会

含着泪微笑——"皇村"。

我以为这颗心是块石头……

我以为这颗心是块石头，
空空如也，了无生气：
纵使心中燃起
火焰——也毫不在意。

的确如此：我不曾痛苦，
即便痛苦，也夷然不屑。
但毕竟我已受够，
熄灭吧，趁着还能熄灭……

内心如坟墓一样黑暗，
我知道，我会熄灭火焰……
你看……火已经熄灭了，
我却在烟雾中气息奄奄。

在盛开的丁香花丛

闷热的日子令人心烦，亲爱的，
莫让玫瑰色的远方脱离你的视线……
你和我在一起忧伤而孤独：
我还没有把你的痛苦彻底排遣……

我需要你的琴声：灵动的琴声
比那棵白桦树的叶子更悠远柔和……
你在害怕什么？我是个幽灵，无所归属……
啊，请不要把燃烧的蜡烛带给我……

我知道，蝴蝶用颤动的翅膀
无力扑灭痛苦的火焰，
也知道悲伤之火被谁点燃，
它们将化为灰烬，在火中陨落……
我害怕，回忆不能与火同眠，
也害怕蝴蝶死亡时的振颤。

时 光

斑驳的暗影如此摇曳，
白色的浮尘如此灼人——
无需言语，无需微笑：
只愿你依然保持本真；

愿你依然迷离和苦闷，
苍白胜过秋天的清晨，
那低垂的柳树下的
如织暗影中的清晨……

时光——是疾劲的风，
将落叶散成飘动的花纹，
时光——是苏醒的心，
它会看清，这——不是你本真……

无需言语，无需微笑，

且做一个无形的幽灵，
趁斑驳的暗影如此摇曳，
趁白色的浮尘动若流萤。

紫　晶

眼睛早已忘记了蔚蓝，
阳光中的尘埃失去了光彩，
但我依然活在一个梦中，
它在紫晶的边缘徘徊。

在那里，梦比春天更令人沉醉，
比思想更令人躁动，
淡紫色的火焰应是
一边冷却，一边喷涌。

而心中只有羞愧和恐惧，
不存一丝温柔欺骗的幻想，
因此而在烛火中淬炼成晶
迸射出淡紫色的凌冽光芒。

只有领悟思想……

只有领悟思想

和言语之美——

才会在松林中幽居

在红色树干间安睡。

要像他一样，像所有人一样：

去爱，去燃烧……

活着，但要活在美的灵动中——

看草木枯荣，冰封雪飘。

在斯捷凡神父家

那里进行了一场葬礼，
那里烛火通明，光影摇动，
消毒水的气味悄悄地
与紫罗兰和百合花交融。

按照"一等殡仪馆"的规定，
那里只能穿燕尾服和长裙，
那里还有新制的十字架——
所用的白银都有防伪鉴定。

大概是我破坏了黑纱、
棕榈和香炉构成的体面，
穿套鞋的殡仪馆经理
大声呵斥着走到我跟前。

结论

这一切都如同谎言——
阴沉的言谈令人兴味索然。
……
但从那时起，套鞋的鞋头
就像活人一样把我窥探。

秋天的珐琅

花园雾气缭绕。我的花园
被低处白色的寒冷纠缠。
它漠然地垂下了
自己的大丽菊花冠。

花园凋败了……
这与我何干。
正午时分你最好来看看，
哪怕是以珐琅般的问候
穿过树上最后几个叶片？……

闪　光

如果想爱——就燃烧！
如果想忘——就忘却！
我的道路已被大雪封藏。
今天从白昼到黄昏
在绵延起伏的草地上
我沉醉于瑰丽的闪光。

那里的冰面有无数
闪光的玻璃——我要让
我要让自己沉醉于每一片玻璃……
只是铜号不能停息，
只是铜号不能沉寂，
只是铜号必须嘹亮。

因为狂风
在那里发出呼唤，

因为狂风——就是你……
因为形只影单
我害怕这荒凉山谷中
白雪的梦幻。

最后的丁香花

花园荒芜寂寥。心儿更加迷茫
因错误的痛苦和强烈的怨恨……
你从蓝色的火焰、金色的发辫
和粉红色的微笑中又将何物珍存?

闷热的穹顶下走进一个个阴影,
它们成群结队,不断扩充……
听,风呼啸而过——白色的丁香花
在你的头顶上晃动凋零。

莫让我明天就离开水藻飘摇的河底,
秋雨更加凄迷,更加雾气茫茫,
而今我的胸中充满了渴望,
如同乌云,聚集着雷电和闪光。

但切不可让沮丧淹没了激情,

在这奇异的时刻你要与诗人交融；

破解诗人话语的炽热内涵，

用预言的黎明将它们向世界呈送。

沉闷的词语

我们早已躲在陈旧的窗帘后，

午夜却用梦幻将我们轻轻逗弄，

而我们用眼神向清晨致歉，

阴郁的清晨却很宽容……

云雾笼罩的天空如此低沉，

细雨如烟，愈发的迷蒙和缠绵。

是谁的苍白之手写就了

回忆的神圣谎言。

我们会把一切带走。看，多么清晰：

那蜿蜒于杉林中的忧愁小径，

那吸引我们的闪亮的马车车顶，

还有湿漉漉的有耐心的芬兰人。

而你啊，灼热的光线！姗姗来迟。

你用错误照射这里——却为别人金光闪耀!

只是此后我们会笑对沉闷的词语,

且只用微笑!

爱沙尼亚老妪

选自可怕的良心之诗

倘若黑夜如牢狱般沉寂，

倘若睡眠如蛛网般细密，

你就该知道——她们快到了，

来自雷瓦尔[1]近郊的爱沙尼亚老妪。

她们进来了——坐得如此规矩，

让我久久无法摆脱眼下的拘束，

她们衣着灰暗又寒酸，

每人的背囊里都装着一截圆木。

我知道，由于难挨的恐惧

明天我将变得不像我自己……

我无数次请求她们："忘掉吧……"

1　雷瓦尔：爱沙尼亚城市塔林的旧称。

读到的却是无声的回应："不可以。"

就像土地，这些女人不会说出，
在信仰的心中隐藏了什么……
她们没有看我——只是低头
织着手中织不完的灰色长袜。

却很谦恭——都聚集在一侧……
不要害怕：来床上坐吧……
你们有没有搞错，爱沙尼亚老妪？
有些人比我作恶更多。

但既然来了，就让我们聊几句，
我们不是钟表，不会嘀嗒走动。
也许，你们很想大哭一场？
那就悄悄地，别让人听见……哭上几声？

也许是风把你们的眼睛吹肿，
如同墓地里的白桦树芽一般……
你们沉默不语，如同忧伤的木偶，
而你们的儿子……我可没有将他们处斩……

我，恰恰相反，我可怜他们，

读完几份悲天悯人的报纸，
我就变成身着锦缎的神甫，
默默地为那些勇士祈福。

爱沙尼亚女人摇了摇头。
"你可怜他们……你可怜又如何，
如果你的手指纤细无力，
而且从来没能握成拳头？

踏实地睡吧，男刽子手和女刽子手！
你们只管男欢女爱，笑语欢声！
你啊，柔弱的人，你温顺，安静，
这世上没有谁比你更恶贯满盈！

美德……我们编织了你的美德
却让它失明，但仍在编织……
且等一等——等线结打好了，
就会想出那个词，再告诉你……"

睡眠对我总是过于吝啬，
而我的蛛网又如此细密……
可这有多悲伤……有多愚蠢……
这些爱沙尼亚女人始终萦绕不去。

题亚·亚·勃洛克肖像 [1]

看那白色大理石塑成的柔美的容貌，

他应该很快乐，但那是别人祈盼的快乐。

他的诗在燃烧——是阳光下的大丽花，

燃烧着，燃烧不知痛苦的泪水的冷漠。

1　亚历山大·亚历山德罗维奇·勃洛克：19世纪末20世纪初俄国象征主义诗人。

但对我而言分配已经完成……

但对我而言分配已经完成，
于是我看见了他的尊容：
泛着金光的白影——
从杉树上飘然落下——
他是阿波罗，能一箭命中。
箭矢飞啸，
似锋利的钢针，
似震慑麻木心灵的雷霆……
金冠下的卷发
如云如烟，
一只手悠闲地抚弄琴弦，
但琴声已然停息
停息在乐神轻柔的指尖。
我需要它——我要在幻象中
锲而不舍地把它寻找——
那不知倦怠的敌对世界，
那火的欢笑和火中的欢笑。

题我的肖像

其中可见大自然的机巧，

长着扁角鹿心脏的演说家的语言，

没有期望的想象

和没有睡眠的梦幻。

致诗人

在清晰分明的光线中
在眼花缭乱的幻景里
控制我们的——永远是
具有三维结构的物体。

你或许扩大了存在的边界
或许臆想出它的多种形状，
但"我"中"非我"的眼睛
让你根本无处避藏。

她说，这控制是灯塔，
将上帝和腐朽合二为一，
即使艺术中物体的秘密
在它面前也如此苍白无力。

不，不要逃脱物体的控制

而去探索空气斑点的妖术，

诗歌不以深刻而动人心弦，

只能像字谜一样令人糊涂。

皮厄里得斯[1]用公认的美貌

将俄耳甫斯引诱。

你果真是名不虚传的歌手，

还是伪装成伊希斯[2]的木偶？

热爱清晰和光线吧

沐浴它们散发的芳芬。

若想获得完整无缺的认识

你且需磨平明亮的酒樽。

1　皮厄里得斯：指缪斯，因出生于庇厄利亚地区，所以被称为皮厄里得斯。

2　伊希斯：古埃及神话中的生命、魔法、婚姻和生育女神，被视为完美女性的典范。